너
의

계
절

너의 계절

초판 1쇄 발행 2018년 3월 26일
초판 3쇄 발행 2023년 11월 1일

지은이 백가희
책임편집 조혜정
디자인 그별
펴낸이 남기성

펴낸곳 도서출판 쿵(프로젝트A)
인쇄,제작 데이타링크
출판사등록 신고번호 제 2016—000310호
주소 서울특별시 마포구 잔다리로3안길 29. 지층 1호
대표전화 (070) 7555—9653
이메일 sung0278@naver.com

ISBN 979-11-88345-39-7 03810

너의

계절

백가희 지음 한은서 그림

콩

네가 내게 가르쳐준 감정
그 감정이 내 문장이 되었어.
너로 쓴 글이야.
너였던, 나였던 그리고 우리였던 글이야.

2부

계절의 끝,
너의
마음을
헤아린다

1부

마음을
안아주는
일

잘 가요

겨우 세 시간을 앞둔 2016년도 잔잔하게 흘러간다. 지금 이 글을 쓰는 시간마저도…. 퍽 요란했던 슬픔과 기쁨의 순간 들은 전부 없었던 일인 것처럼 기억과 역사의 뒤안길로 넘 어가고 있다. 많은 일이 있었다. 개인적으로도, 가족에게도, 사회적으로도. 첫 직장을 만났고, 인생에서 잊지 못할 일들 을 겪었으며 그 안에서 일어나는 수많은 오류와 나의 실수 를 책망하면서 눈물로 하루를 보내고, 노력의 대가가 아쉬 워 괜히 슬퍼한 적도 있었다. 불현듯 차오르는 치기와 질투 심에 스스로 한심한 사람이 되기도 했고, 이유도 없이 기세 등등하게 나를 사랑한 적도 있었다.

사랑의 성공과 실패를 고루 반복하면서 또 사랑을 찾아 헤 맸고, 지금에 와서야 말할 수 있는 '항상 같잖지만 무거운' 외로움에 나를 무너뜨린 밤도 많았다. 새로운 다이어리를 사서 맨 뒷장에 새해에 이루고 싶은 것들과 가지고 싶은 것 들을 써댔지만, 이건 2016년을 시작할 때도 했던 일이다. 그렇게 크게 달라지지 않았다는 말이다. 올해는 잘 살아야지, 올해는 떳떳하고 멋있게 인생의 또렷한 획을 남겨야지, 무수히 많은 다짐을 했지만, 나는 여전히 같은 인간이다. 눈에 띄는 발전도, 크게 달라진 모습도 없이 강가의 물결처럼 시간과 함께 무력하게 흐르는.

한번은 밤을 하릴없이 보내고 아침에 겨우 잠드는 생활 습관을 뜯어고친답시고, 두 눈을 시퍼렇게 뜨고 밤을 새우고 습관을 바꿨다. 2주 정도는 다른 사람들의 여느 하루처럼 아침에 일어나고 밤에 잠들었다. 결과적으로 낮에는 일하지 않고 밤에는 일을 못해 실패로 마무리됐지만, 그 일로 내가 얻은 성과는 꽤 보람찼다. 맞추지 않아도 된다는 생각. 나는 그러지 않아도 됐음에도 남들과 같은 생활에 억지로라도 옷을 맞춰 입고 들어가려고 했었다.

누구나 저마다의 인생에 맞는 옷을 입고 살아간다. 어떤 이는 혼자 조용히 새해를 기다리고, 또 다른 이는 친구들과 어울리며 새해를 맞이하는 것처럼 삶을 다루는 사람들의 자세는 지구의 인구수만큼이나 많고, 다 다른 모양이다.

2016년 첫날의 나는 적당히 배우고, 적당히 까불고, 적당히 사랑하고, 적당히 조용하게 지나가자고 글을 써가며 결심했었지만, 지금 2016년 마지막 날의 나는 첫날과 다를 게 없고 바뀐 것도 없다. 욱하는 성질머리는 고치지 못했고, 쉽게 떠드는 입 또한 무거워지지 않았다. 이쯤 되면 나는 결심한 걸 그냥 안 지키는 인간인가 생각할 수 있겠지만, 내가 한 행동의 결과를 후회하지는 않았다. 스스로에게 크나큰 절망까지 안겨주고 싶진 않았으므로. 소리가 필요할 땐 냈고, 필요한 곳에는 찾아갔으며, 몇 개의 흑역사도 대강 만들어가며 다신 그러지 말아야지 반성하고 또 그러지 않겠단 다짐으로 살았으니까 됐다.

그래왔던 것처럼 새해라고, 새해지만 큰 변화가 없을지도 모른다. 크게 발전하지 않을 수도 있다. 시간의 단점은 사정 봐주지 않고 흘러간다는 거지만, 시간의 장점 또한 마찬

가지다. 그냥 흘러간다. 2016년이 지나간 속도로 엇비슷하게 2017년 또한 지나갈 것이다. 언제나 가차 없는 시간을 그만 원망하고, 시간을 적당히 즐기지 못한 자신을 그만 미워하면서 살자. 매해 새로운 삶이지만 언제나 정답이 없다. 큰 목표 두어 개 잡지 않아도 되는 삶, 더 큰 사람이 되지 않아도 되는 삶, 시간으로부터 자유롭고, 강박감에 시달려 자책하지 않는 삶, 편협한 사상에 분개할 줄 아는 삶, 그런 삶의 순간들이 모여 시간이 되고, 그 시간은 평생이 될 것이다. 내 평생 중에 올해는 또 어떤 삶이 될지 모르겠지만, 이 글을 보게 된 당신이나 나나 잘 살길 바란다.

2017년이 지나 2018년. '잘'의 의미를 이야기할 수 있고 각자의 옷을 찾아 입는 올해가 되기를, 당신과 나의 삶에서 한 획을 차지할 올해가 후회로 남지 않기를, 부디 괜찮기를 간절히 바란다.

나의 치유법

새벽 4시. 몸을 낮춰 아직 잠들지 않고 단장하기 바쁜 강일 안았다. 내가 늦게까지 잠 못 드는 날이면 같이 못 자고, 먼저 잠들면 배 위에 올라와 같이 잠드는, 나의 작고 소중한 고양이. 한 손으로 널 들 수 있던 시절도 있었는데. 벌써 일 년 하고도 삼 개월, 사계를 함께 보냈다. 봄엔 꽃과 바람 냄새가 좋다고 창문을 열어두었다가 꽃가루 때문에 고생하고, 여름엔 사진첩을 뒤져서 바다 소리를 들려주고, 가을엔 예쁜 모양만 골라서 단풍 주워다 주고, 겨울엔 코트 안에 강일 넣고 심장을 맞대며 같이 첫눈을 맞았다. 내가 평생 잊지 못하는 사람의 이름을 따라서 '강'이라 지었고, 그에게 갚는 거라고 생각하며 네게 할 수 있는 일은 다 하고 봤다. 덕분에 몸집이 전보다 세 배로 커져서 번쩍 안아 올리진 못하지만, 그게 네가 건강하다는 증표라면 만족한다.

'강아, 네가 아니었으면 이 서늘한 도시에서 갈피 하나 못 잡고 헤매고 있었을 거야. 외로웠을 거고, 지쳤을 거야.

나는 참 운을 타고 났다. 집으로 돌아오면 졸린 눈으로도 뛰어와주는 네가 있어서, 아침에 일어나면 반갑다고 몸 비비는 네가 있어서, 밤마다 내 다리를 베고 체온을 맞부딪히며 잠드는 네가 있어서. 세상이 기쁘다. 누군가를 감당하고, 책임지는 일들은 다 너로 배웠어. 많이 사랑해. 너무 사랑해서 가슴이 아릿할 정도로. 잘 자, 우리 강이. 너를 찾아오는 나쁜 꿈은 다 누나 줘.'

네가 있는 내 삶의 목표는 너와 무사히 일 년을 보내는 것, 계절을 보내는 것. 이 시간을 계속 반복하며 무탈히 너의 평생에 내가 사는 것.

뿌듯한 일상

출판사에서 일하면서 가장 좋은 점은 책을 많이 접하고 읽을 수 있다는 것.

문장 속에 투영된 타인의 삶을 조심스레 짚어보고, 내 삶까지 마주 보는 시간이 곁에 있다. 마냥 아득하지만은 않은 시간들. 집에 돌아가면 나를 반기는 고양이가 있고 달이 하늘 중간에 걸릴 때쯤 먹고 싶은 음식을 해 먹고, 부른 배를 두드리며 하루를 소화시킬 글을 쓰고. 별일이 없어도 많이 적으려고 노력한다. 그게 무엇이 되었든 오늘의 내가 보는 어제의 나는 이질적이다. 어떤 날은 못됐고, 다음 날은 이기적이기고, 또 다른 날은 퍽 괜찮아 보이고. 시간에 묶어둔 문장을 바라보며 나의 여러 모습을 발견한다. 겉으로 보면 한결같아 보이지만, 속으로는 한결같기 위해 노력하고 있나 싶었다.

계속 읽고 써 내려가야겠다.
삶은 누군가를 이해하는 과정이기도 하지만, 평생을 걸쳐
나와 친해지는 시간이기도 하구나.

긴 새벽 앞에 서다

몸살이 나서 출근을 못 했다. 온종일 아무 생각 없이 누워서 쉬고 싶었는데, 계단에 쌓인 먼지도 거슬리고, 고양이 밥도 늦지 않게 줘야 하고, 택배도 풀어야 하고…. 퇴근 후에 할 일이 낮부터 쌓여서 쉬기는커녕 집안일에 착수했다. 해야만 했다. 겨우 빈틈이 생긴 저녁엔 다시 열이 나서 누웠고, 일어난 뒤엔 배고파서 엄마가 보내준 대게를 꺼내 밥을 뜨고, 참기름을 두르고, 김 가루와 깨를 올렸다.

쉬고 싶었는데. 그게 그렇게 어렵다. 밥을 먹다가도 몇 번이나 울컥한다. 나를 신경 쓰려면 따라오는 일들이 너무 많아서 서럽고 슬프고 아프다. 아픈 것도 아무 생각 없이 아프지 못해서, 나는 아직 괜찮은 것보다 안 괜찮은 것과 친해서. 내가 싫었다. 또 못 자겠다. 어김없이 새벽은 길겠지.

생일 축하해

많은 사람과 어울리길 좋아하던 네가 혼자 있기를 좋아하게 되고, 막상 특별한 날은 혼자이길 싫어하고. 여러 복합적인 마음들과 함께 자라왔네. 참 소중한 시간이 네 곁에 있었어. 가끔은 아무 이유 없이 서러워 울기도 하고, 어떤 날은 마냥 행복하기도 하고. 앞다투며 살아가는 지금이 어쩌면 내가 가장 이상적으로 그려온 일상인 것 같아. 있잖아, 네가 살아가는 오늘이 과거의 내 꿈이었어. 오늘은 이제 과거로, 또 다른 시간을 꿈으로 삼으면서 살아갈 거야.

너는 그렇게 잘 지내왔고, 잘 버텼어.

더 특별하지 않아도 괜찮고,

더 괜찮지 않아도 괜찮아.

사랑해, 생일 축하해.

내 목소리를
듣는 연습

며칠은 친구들과 함께 밥을 챙겨 먹었는데, 오늘은 혼자니까 간단하게 챙겨 먹으려고 했다. 재료를 꺼내놓고 다시 생각해보니 그러면 안 되는 거였다. '혼자니까' 더더욱 잘 챙겨 먹어야 했다. 스스로에게만큼은 간단해지면 안 된다.

타인에게만 자세한 삶은 종종 내 목소리가 누락되곤 했으니까.

하루 끝
행복의 단서

언젠간 나도 하고 싶은데 할 수 없는 일이 있을 거고, 할 수 있는데 하고 싶지 않은 일이 있을 테니까. 그 순간이 닥치기 전까진 하고 싶은 거 할 수 있을 때 다 하면서 지내야지. 삶이 재밌을 때 해야지. 언제 다시 재미없어질지도 모르는데. 이따가 산책도 해야겠다. 하루의 끝에는 가장 좋아하는 일을 하는 거야. 그럼 하루 끝이라도 행복할 수 있잖아.

행복이 반복되면 늘 재밌어질 거야.

상처는 지우지 못한 자리에
다시 생긴다

상처의 종류가 명확하지 않아도 상처는 기억으로 존재한다. 생긴 지 오래되지 않은 상처라 더 아프고 더 슬플 수 있지만, 그렇다고 이전의 상처가 덜 아프지는 않다. 학창시절, '까불대지 말라'는 소리를 들은 적 있다. 가장 친했고, 소중했던 친구에게. 내가 무엇을 잘못했을까. 며칠 밤을 고민했었다. 나를 의심해보기도 하고, 내가 갔던 곳, 내가 했던 말들을 되짚으며 지냈다.

무엇이든 그 상처를 입었다는 기억과 상처를 준 사람에 대한 기억으로 악몽을 꾸기도 하고, 그때의 나를 향해 '왜 이렇게 말하지 못했나' 책망을 하기도 했다. '까불대지 말라'는 그 말이 내겐 영원한 짐 같아서 가끔은 내가 하는 모든 일들이 그저 소용없는 것은 아닐까 걱정도 한다.

이미 내게 실망할 준비를 했던 사람에게 너무 마음을 썼다. 나는 상처를 바탕으로 모든 일의 잘못을 내 탓으로 돌리고 살았다. 세상엔 내 탓이 아닌 일도 있는 건데. 그걸 깨닫는 데 너무 오래 걸렸다.

세상엔 내가 잘못하지 않아도 벌어지는 일들이 많다.

상처는 보통 그렇게 생긴다.

내가 하지 않은 일들로 나를 원망하느라.

당신의 이름을 보고도
멀쩡해지기까지

손목이 아팠다. 몇 시간째 붙잡고 있는 글 때문이다. 당신을 주제로 쓰면서 그다지 완벽한 문장을 만들어낸 적이 없었다. 10여 년 전 겪었던 성장통처럼 손목이 욱신거렸다. 언제나 사랑에서 나는 당신과의 기억으로 성장하고 있었으나 한편으로는 항상 되새기고 있었다. 다시는 당신 같은 사람을 만나지 않겠다는 것과 당신만큼 누군가를 사랑하지 않겠다는 것. 내게 당신이라는 신의 한 수와 당신을 사랑한다는 신의 실수는 한 번씩이면 됐다.

당신의 이름을 보고도 멀쩡해지기까지 4년이 걸렸다.
사랑의 시간 곱하기 상처의 질량. 그 부피가 내게는 꽤 무거웠으므로.

낮에 뜬 달은 일부러 새벽이 두고 간 게 아닐까.

아침에도 울음을 그치지 못한 사람들을 위해 일부러

데려가지 않은 걸지도 모른다고.

세상이 우리에게 주는 위로의 초상.

아주 사소한 이별

2015. 9. 1x

영화를 봤다. 당신은 기억하려나. 꼭 같이 보자고 약속했던 영화다. 개봉한 지 꽤 된, 다정한 빛깔의 목소리와 더없이 진실한 눈빛을 하릴없이 주고받는 그런 로맨스 영화. 당신과 그 영화를 보면서 같은 눈빛을 흉내 내고 싶었다. 그것보다 더 진한 사랑을 만들어낼 수 있었다. 그런 생각을 하며 꿋꿋이 다 봤다.

2016. 9. 1x

미용실을 갔다. 미용사는 왜 이렇게 오랜만에 왔느냐고 물었다. 검은 머리는 눈에 선명히 보일 정도로 자라났고 머리카락 끝은 상할 대로 상해 쓸어내리는 고비마다 거칠고 험했다. 그래도 여태껏 미용실을 굳이 가지 않았던 이유는, 첫 만남 때와 달라지면 당신이 나를 싫어할까 봐. 나는 멍청했다. 그 정도로 당신에게 잘 보이고 싶었다. 내 욕심을 포기하면서까지 당신 마음에 들고 싶었다. 오랜 고민 끝에 전체를 다른 색으로 덮었다. 내가 꼭 하고 싶었던 색으로.

2017. 9. 1x

커피를 마셨다. 이 동네는 죽어도 오지 않으려고 했다. 온 골목을 당신과 누볐으니까. 가끔 좋아하는 가수의 노래가 나오면 헤벌쭉하게 웃고, 당신은 눈을 흘기며 힘껏 질투하고. 아주 사소한 행복들이 골목마다 널려서 오지 않았다. 저 골목에선 몰래 입을 맞췄지. 돌아보며 커피를 마시다가 문득 당신이 무슨 커피를 좋아했는지, 기억이 나질 않았다. 잊어버린 것 같다. 웃음이 나왔다. 당신과 관련된 모든 것 중 하나라도 잊으면 아프곤 했는데….

●

몰랐겠지만, 아니 내 눈을 봤다면 알았겠지만, 나는 당신에게 첫눈에 반했었다. 내게 있어 첫눈에 반한다는 건, 당신으로 인해 내 세계가 다시 만들어지는 거였다. 세계의 주인이 뒤바뀌고, 오로지 한 사람만의 집이 되는 것. 당신이 오든 오지 않든 언제나 당신이 쉴 수 있는 공간을 만드는 사랑. 답도 없었다. 채워나가는 것이 아니라 애초에 다 준비되어 있었다는 것처럼. 완벽한 당신 명의의 내 세계였다.

이 아주 사소한 이별은 당신에게서 내 세계를 찾아오는 작업이다. 당신과 하고 싶었고 혼자서 할 수 없었던 일을 혼자 다시 배워나가는 것. 그리고 당신을 잃고 살았던 내 시간을 복습하며 이제 다시 나를 지키는 방법을 생각하는 것.

당신을 사랑하지 않는 나와 친해지는 것.
당신이 사랑하지 않는 나를 사랑하는 것.

우리는 가끔 사랑이 두려워

사랑을 망설이고.

행복이 익숙하지 않아

행복을 두려워하고.

"너랑 사랑하고 싶었어. 네가 내 손을 잡을 때도, 노을빛에 같이 물들어갈 때도, 커피를 마시면서 손끝이 스칠 때도 너랑은 꼭 사랑하고 싶었어. 네가 만나보자고 그랬잖아. 나는 고개를 저었지만. 왜 그랬는지 알아? 언젠가부터 나는 모든 일이 한순간에 잘 풀리면, 그때부터 불안해졌어. 기쁘고 나면 슬퍼지는 걸 당연한 순서처럼 여기는 마음이 싫었고, 행복은 언제나 휘발되는 것 같은 내 일상이 싫었어. 너와 웃고 나면 혼자서 웃는 게 익숙해질 자신이 없었어. 다 변명이야. 난 슬픈 게 두려워서 너랑 사랑하는 걸 포기한 거니까. 나는 그게 그렇게 아쉽다. 너랑 함께면 괜찮은 슬픔인데, 괜찮을 고통인데. 한 번쯤 무모해져보는 건데. 아직 사랑을 덜 배웠구나 싶다."

하필이면

너와 함께라면

이 삶 자체가 성공이었는데,

하필 둘이서 처음 같이 한 실패가 사랑이라니.

그게 우리의 사랑이었다니.

새벽엔 어떤 그리움도 용서받을 것 같다.

잘 살아간다는 것
잘 사랑한다는 것

과연 '여기까지만 아파야지.' 하고 멀쩡해지는 사랑이 어디 있을까. 그냥 우리가 아니게 된 순간부터 당신은 내게 그저 아픈 사람인 거다. 아픈데 내버려두는 게 최선인 사람. 생에 그런 사람 몇 명쯤은 앓아야 같은 실수 안 할 테니까. 근데 나는 당신을 실수라고 하는 걸까, 내 사랑 방식이 실수였다고 하는 걸까. 아마 후자일 것이다. 어쩌겠어. 당신의 손을 잡은 것도, 마음을 묶어둔 것도 나의 선택인데. 당신과 헤어지고 나서는 내 삶이 실수투성이 같았다.

한참을 걸었다. 요즘같이 햇볕은 적당하고 바람은 더위를 중화시키고, 선선해져 서늘한 체온을 지니는 계절 틈에선 아무래도 걷는 게 뇌내망상으로 도망치기 가장 좋은 선택이었다. 매일 걷다 보니 하루를 마무리할 땐 산책하는 습관이 생겼다. 곰돌이 푸에 나온 대사다. 매일 행복하진 않아도, 행복한 일은 매일 있다고. 오늘은 두 시간을 걸어 집에 왔다. 내 삶에서 당신이 빠져나간 시간의 공백은 어디서 메워야 할까. 가득했던 근심이 걸음마다 잊혀갔다.

나름의 방식대로 당신을 떠나보내곤 내겐 숙제가 하나 생겼다. 창가에 앉은 고양이를 구경하면서 만든 숙제. 반질반질한 뒤통수를 구경하다 슬쩍 내게로 오면 사랑한다고 속삭이다가 머리에 입 맞추는 일. 소중한 것을 다정하게 대하는 일. 나는 그러지 못해 실수를 곱씹으며 일생을 후회와 동거 중이니까. 사랑과 배움은 정반대 선상에 놓고 살아갔는데 오늘 문득 든 생각은 그런 거다.

나는 잘 멀어지고 있구나. 당신으로부터.
사랑을 잘 배워가고 있구나. 당신의 부재로부터.

삶, 사람, 사랑

삶과 사람은 단어조차 닮아서

그 사람의 삶까지 사랑하게 되는 걸까.

당신만큼
나를 사랑할 수 있을까?

누군가를 그리워하는 힘으로 산다는 것.

언젠가 우리는 한 번이라도 스치겠지 고대하며

시간과 다투는 것.

그러다 너를 잊는 것.

또 다른 누군가를 사랑하는 것.

사랑을 위해 존재했던 내 마음을 사랑하는 것.

°너의 첫

네 인생이 언제나 선택의 연속이라면

내 생은 너의 모든 선택에

항상 내가 있길 바라며 사는 것.

°맹신

언제나 사랑이 옳았던 적은 없다.

사랑은 늘 옳을 거라 믿은 적은 많아도.

최소한의 성공

내가 아파서 병원을 갔을 때, 어마무시한 수술비를 듣고 그 동안의 내 삶을 돌아보며 내가 이 돈보다 더 살 만한 가치가 있는가 고민하지 않는 정도의 성공을 원한다. 나의 고양이가 아플 때 바로 병원을 갈 수 있는 것, 사랑하는 동생의 유학길에 몇 푼 보태줄 수 있는 것, 난방을 아끼지 않는 것. 무엇보다 돈 때문에 나의 삶을 후회하지 않는 것.

딱 그 정도의 삶을 갖고 싶다.

네게는 끝까지
다정할 것

너는 내 사랑을 이길 수 없다, 내가 먼저 시작하고 있었기에. 높게 쌓아놓은 사랑을 이제 와서 네가 이길 수는 없다. 나는 네가 잊은 시간마저도 너를 사랑하고 있었기에.

그러나 나는 사랑 앞에서 이겨본 적 없다. 이기려고 한 적도 없다. 언제나 져도 괜찮은 한 판이었다. 그것만으로 성공했다. 내 사랑은 네게 질 준비가 되어 있는 상태로 시작했다. 다 자란 행복도 너의 것, 다 큰 성공도 너의 것이었다. 네가 웃으면 내 세상은 다 괜찮아졌기에.

사랑의 일

너는 내가 없다고 세상이 엎어지거나 외로워지거나 사무
치지 않겠지만, 나는 네가 없는 작은 순간에도 땅과 하늘이
구분되지 않았다. 안경을 벗고 보는 것처럼 모든 세상의 경
계가 흐드러졌다. 와중에도 너 하나만 선명해서 깊이 외로
웠다. 너를 만나 내 사랑은 자주 울었지만, 더 환하게 웃기
도 했다. 사랑이 하는 일 열 가지 중 아홉이 슬프다면, 하나
가 기뻤다.

내 불행을 모조리 팔아
찰나의 행복을 사는 일이 사랑이기도 했다.

나의 위대한 당신

나는 우리 엄마처럼은 못 살겠다. 살지 못한다는 표현이 더 적합하다. 다음 주 화요일쯤 엄마가 동생, 아빠와 같이 서울로 올라오겠다는 전화를 받았다. 엄마의 가게가 쉬는 날은 한 달에 두 번. 그러니까 2주에 한 번 돌아오는 휴일 중 하루를 하나뿐인 딸을 보기 위해 몽땅 투자한다. 내가 보고 싶어서 휴식을 마다하고 피로를 감수한 채 올라온다. 아주 드물게 오는 자유를 져버리고 누군가를 위해 먼 길을 달려가는 일. 나는 그만한 사랑을 베풀지 못한다.

아침 8시에 일어나 밤 8시까지 가게를 지킨다. 드물게 찾아오는 매서운 손님을 감당하고, 발이 데어도 일하고, 손이 베여도 일을 했다. 음식의 잔해들을 치우고, 다리가 저리도록 서서 설거지를 하고…. 엄마의 하루는 그렇게 흘러간다. 엄마의 목적은 다분히 맹목적이다. 생계 그리고 내 새끼, 하고 싶은 거 다 해. 누군가의 미래를 위해 일상을 투자하고 본인의 흐르는 시간은 먹먹히 두는 것, 나는 그렇게 친절하지 못한다.

나와 겨우 24년밖에 차이 나지 않는 엄마는 내가 세상을 대하는 것보다 엄마로 더 능숙하게 세상을 살아갔다. 본인의 속상한 소식은 가장 늦게 전하곤 했다. 멀리 있는 딸 생각에 전화해 상냥히 안부를 묻고 어린 딸의 투정은 마냥 다정하게 타이르면서. 모든 역경을 겪었고 풍파 앞에서 의연했다. 그런데도 엄마는 가게에서 짬이 날 때마다 당신의 것보다 가족들의 겨울을 위해 모자와 카디건을 뜨고 선물하며 기뻐하곤 했다. 언제나 당신의 감정보다 누군가의 감정을 소중히 대하고 우선시했다. 나는 그렇게 상냥하지 못한다.

다른 지역의 일기예보를 미리 보면서 바람이 날카로운 날에는 날이 추우니 옷은 두껍고 따뜻하게 입으라고, 비 소식이 따르는 날에는 우산을 챙기라고 내가 지하철에서 확인하는 일기예보보다 빠르게 알려줬다. 나는 이렇게까지 다정한 사람이 되지 못한다.

한정 없이 사랑을 베풀고 온기를 내어주면서 더러는 자신
의 삶보다 많은 시간을 엄마로 불리면서 살아왔고, 또 살아
간다. 책임이란 이름과 살아갔을 당신. 자신의 감정을 등지
고 걸어갔을 한 여성의 삶을 어렴풋이 알아서, 그 고단한
발자취를 알 수 없어서 나는 따라할 수도, 이길 수도 없다.
나의 위대한 당신, 그런데도 나는 엄마로는 살지 못한다.

어쩌면 나와 같은
당신을 위하여

요즘은 자꾸 떠나고 싶다. 날 괴롭히는 게 아무것도 없는
상황인데도 자꾸 무기력과 좌절감이 몰려온다. 나를 아는
사람들 속에서 힘듦을 티내는 것보다 나를 모르는 사람들
속에서 힘들다고 말하는 것이 편할 때도 있다. 아무 품에나
안겨서 엉엉 쏟아내고 싶은 밤이다. 이럴 땐 괜히 겨울 바다
가 보고 싶다. 코가 아리도록 찬바람이 나를, 내 세계를
환기해줬으면 좋겠다. 잠시 현실의 업은 다 잊은 채로 멀찍
이 떨어져서 다른 시간을 걷고 싶다.

"요즘 들어 생각이 많아 보여요."라는 말을 들었다. 원래도
생각을 한 꾸러미씩 챙겨서 다닌다. 티를 내지 않는다고 생
각했는데, 모르는 사이에 하나씩 흘리고 있었나 보다. 천천
히 무너지는 게 더 무섭다고 썼다. 요즘의 내가 가장 무서
워하는 일. 나를 잃어가는 삶을 살고 있단 생각이 든다. '잠
들어야 한다, 잘 자야 한다'에 대한 강박감이 심해서 눈을
감아도 몇 번이나 불안한 생각이 엄습해오고, 도리어 일을
하는 와중에는 꿈속으로 도망가고 싶다. 매달릴 구석이 오

로지 꿈, 여행…. 딱 그 두 개로 나뉘어 있다. 다녀오면 내가
좀 괜찮은 사람이라도 된 것 같은 착각에 빠져서.

•

원체 우울을 말하는 편이 아니다. 그렇게 자라왔다. 괜찮은
척이 익숙하게끔. 힘든 것도 순간이라지만, 가장 무거운 순
간을 누군가와 함께 짊어지자고 말하는 것 같아 고통스럽
다. 언제쯤 괜찮아질까. 언제나 사랑을 확인받고 싶고, 늘
누군가에게 소중한 존재로 인식되고 싶다. 애정이 만들어
낸 결핍은 충분하지 못하면 나를 갉아먹었다. 삶에 대한 궁
극적인 목표 의식은 사라진 지 오래다.
'꿈이 뭐였어요?'
장래 희망 말고 나의 꿈. 꿈이 뭘까. 그냥 자주 쓰는 것. 내
가 사랑하는 모든 것들을 글 속에 투영해 쓰면서 사랑하는
것. 레너드 코헨의 「나의 시」에는 이런 구절이 있다. '하지

만 아무리 애써도 잠이 오지 않을 때는 시 쓰는 법을 배웠다. 바로 오늘 같은 밤. 바로 나 같은 누군가가 읽을지도 모를 이런 시를 위해.' 나는 이 구절이 뜻하는 바를 어렴풋이 짐작할 수 있다. 아픈 것을 고백하는 것만으로도 위로가 될 때가 있다. 시 쓰는 법을 배워야겠다. 어딘가에 존재할 또 다른 나를 위하여 무수한 문장을 세상에 남겨보는 것이다. 다른 세계에 사는 내가 이 글을 보고, 조금 더 괜찮을 수 있도록.

떠나야겠다. 바다를 보고, 다시 괜찮아져 봐야겠다. 병원도 다니고. 그렇게 살아야겠다. 나는 욕심이 많아서, 언제나 다정한 사람이 되고 싶다. 최근 들어 종종 쓰는 단어다. '다정한' 조금 더 힘껏 다정해져 봐야겠다. 누군가를 우선순위로 두지 않고, 내게 조금 더 너그러워져야겠다. 여행을 다녀오면, 이전의 내가 남긴 문장을 보고 살아야겠다.

나는 어딘가 얄팍한 구석이 있어,

어떻게 됐든 과거보단 괜찮아지고 있는 나로 비교하며 살

고 있다. 점점 나아지고 있으리라 믿는다.

푹 자야지.

내일은 분명 내가 남긴 이 글로 힘낼 수 있을 테니까.

한여름에도
크리스마스를

"하고 싶은 대로 하는 거야. 찬바람에도 봄이라 말할 수 있고, 더운 여름에도 춥다고 할 수 있고…. 마구잡이로 계절을 뛰어다니면서 네가 살고 싶은 날만 골라서 살 수 있지. 유치한 노래를 좋아할 수도 있고, 남들이 뭐라고 하든 말든 네 마음대로 할 수 있어. 이건 허락의 개념이 아니야. 너의 마음이야. 너의 인생이고, 너의 발자취야. 그걸 후회하든 말든 누군가가 걱정할 영역의 문제도 아니야. 오로지 너를 위해 준비되어온 시간을 사랑하는 거야. 내가 그런 너를 어디서나, 언제든, 예외 없이 사랑하듯이, 그리워하듯이. 우리는 각자의 시간을 사는 거야."

나의 모든 당신들

커피를 좋아하지 않는다. 아니, 좋아하지 않았다. 이젠 마시지 않으면 괜스레 생각나고 커피 향이 그리워지니까. 2년 전, 카페 아르바이트를 할 때도 이왕이면 단 것만 골라서 마셨다. 원두에 따라 에스프레소 맛이 쓰고, 시고⋯. 맛을 전혀 구분하지 못했다. 한번은 아메리카노를 도전한 적 있는데 물로 몇 번이나 입을 헹궜다. 그날 이후로 커피는 죄다 쓰다는 생각에 자연스레 멀리했다. 좋아하지 않았던 시절의 나는 그랬다. 요즘은 바닐라 라떼만 달고 산다. 내가 가장 좋아하는 커피다. 처음에 어떻게 마시게 됐더라⋯ 누구랑 마셨더라⋯. 퇴근길 내내 생각했는데 커피의 첫맛을 알려준 당신이 누군지 기억나지 않았다. 곰곰이 생각해봐도 떠오르지 않는다. 내게 바닐라 라떼의 맛을 알려준 당신이.

게임도 좋아하지 않았다. 학창시절 남들 다 조금이라도 할 줄 아는 크레이지 아케이드나 서든 어택이나 제아무리 쉬운 게임이라고 해도 싫어했다. 못해서, 할 줄 몰라서 혹은 손이 느리다는 핑계와 편견으로 10분도 하지 않고 끄는 날이 많았다. 내게 처음 게임을 알려준 당신은 선명하게 기억난다. 술 한잔하고, 첫차 뜰 때까지 뭐하면서 시간을 보낼까 하다 피시방을 간 적 있다. 그때 처음 게임을 했고, 요즘도 시간만 나면 피시방을 찾는다. 혼자든, 함께든.

편식 또한 심한 편이었다. 전에는 굴 소스도 싫어했고, 아스파라거스나 토마토, 심지어 버섯도 골라냈다. 유학 시절에 사촌 언니가 요리해서 권한 적이 있는데, 추운 날 편견을 다 깨고 먹었던 그 채소들이, 지금 내가 손에 꼽을 정도로 좋아하는 음식이다.

팝송도 즐겨듣는 편이 아니었다. 한국말로 표현할 수 있는 문장이 이렇게 많고, 아직 내가 듣지 못한 음악이 이렇게 많은데 굳이 해외 음악을 골라 들어야 하나란 오만함이 있었다. 어느 날 당신이 추천해준 음악을 듣고 생각이 뒤바뀌었다. 내 세상엔 오직 나의 편견 하나로 만들었던 수많은 벽이 있다는 걸, 그때쯤 깨달았다.

지금까지 나를 성장하게 한 것이 나 혼자만의 일이라고는 생각하지 않는다. 나의 삶에 있었던 수많은 당신이 내게 추천하고 권했던 것들이 나의 편견을 허물고, 이 고리타분한 세계를 확장했다. 어떻게 보면 내 취향들은 여러 당신이 모여 만들어진 것이다. 바닐라 라떼를, 게임을, 채소를, 팝송을 좋아하게 만든 나의 당신들. 당신은 시간 하나로 그치지 않았다. 삶 곳곳에 스며들었다. 덕분에 나도 누군가에게 추천하는 일을 적극적으로 해보려고 한다. 내 취향을 은근슬쩍 알려보기로 한다. '전 어느 계절이든 하루의 마무리로 걷는 걸 좋아해요. 산책하면 길 곳곳에 생각을 두고 올 수 있거든요.' 이런 식으로. 이젠 내가 누군가의 삶에 배어 들어가는 것도 괜찮지 않을까.

내가 그랬듯이 당신의 삶 어딘가에서도 내 흔적을 느낄 수 있는 날도 오지 않을까. 내가 당신에게 발견되는 날도 있지 않을까. 감히 짐작해본다.

더러 상처받기도
하겠지만

유독 아팠던 한 해다. 올해의 삶을 크게 건강과 만남, 감정
으로 나눠보면 유난히 굴곡이 심했던 게 건강이었다. 몸에
해로운 짓을 골라서 했다. 2017년도 탈 없이 보내겠단 나
의 다짐은 다 틀려먹었다. 겉으로 아픈 것도 아픈 거지만,
속이 뭉그러지는 것도 아픈 것이니까. 이력서의 경력을 읊
는 것처럼 병력을 읊어보자면, 올 1월부터 수술로 시작했
다. 멍울을 제거하는 비교적 간단한 수술이지만, 연고지도
아닌 곳에서 혼자 수술받고, 마취에서 깨어나는 건 꽤 아
픈 경험이었다. 더는 아프지 않아야겠다고 다짐했다. 지키
지 못할 약속이었다. 최근에도 한밤중 응급실을 가기도 하
고, 잘 걸리지도 않았던 감기는 아직 나를 괴롭히고 있으
며, 주기적인 검사를 하러 또 병원을 가야 한다. 전에는 누
가 건강이 가장 중요하다고 해도, 그러려니… 젊음이란 이
름으로 괜찮을 거라고 생각했다. 아파보니 알겠다. 나는 나
를 지켜야 한다는 것을. 그게 무슨 외과적 병이든, 마음의
병이든.

만남. 올해, 다변한 이슈의 근거. 변함없이 나는 만남과 내 감정의 상관관계를 무시할 수 없어 묶어서 생각해본다. 그가 생각났다. 유난히 내가 아파했던 사람이다. 사랑해서 만들어진 시차가 기억났다. 시간이 가는 줄도 모르고 사랑하다가, 서로 사랑의 속력 차를 알고 헤어진 사람이 있었다. 나는 또 사랑에 속아 나를 지킬 힘을 잃었다. 당신과 만나서 처음부터 행복했고, 당신과 만나지 못해서 끝까지 불행했다. 마치 엄동설한에 옷을 한 꺼풀씩 벗어 그에게 덮어주다, 오랜 감기와 사는. 만약 우리에게 다음이 있다면, 나는 내 옷을 지켜야지. 나를 우리와 맞바꾸지 않아야지. 당신의 시간을 맞추려 힘쓰지 않아야지.

이젠 차라리 행복을 권하는 것보다 건강을 말하는 게 더 좋단 생각이 든다. 건강하세요. 아프지 말아요. 불가피하게 닥쳐오는 상황들에서 또 아프고, 몇 번 울고, 그러겠지만…,

그래도 즐거운 일만 찾아 기록하고, 상처는 잊어두고.

늘 결심 속에 살아요.

다음 해는 건강해야지. 당신도 그래야지.

기쁨을 다양하게 누려야지.

봄을 위한
다짐

계절마다 하고 싶은 일이 있었다. 그런 로망쯤은 하나씩 짊어지고 있어야, 다음 계절을 기다릴 힘이 생기니까 꼭 앞서 계획해두곤 했다. 초봄에는 만발한 유채꽃밭을 가야지, 여름엔 노을이 예쁜 명소를 찾아 낮을 오래 살아야지. 가을엔 은행잎을 주워 책에 끼워둬야지… 뭐 이런 소소한 버킷리스트. 겨울엔 바다를 보러 가야겠다고 결심했다. 목적을 두지 않고, 계획을 거창하게 세우지 않고. 머리가 헝클어지든 이판사판으로 그냥 바다만 실컷 눈에 담다가 와야겠다고 다짐했다. 몇 주 전부터 꽤 크게 떠들어댔더니 주위에서 종종 묻는다. 다녀왔느냐고. 아직 가지 못했다. 주말마다 넘치는 시간인데, 갖은 핑계로 미루기 바빴다. 할 일이 많아서, 집안일이 밀려서, 귀찮아서…. 한 번은 기차표까지 알아봐놓고 한참 결제를 망설였다. 이번 일은 끝내고 가야지. 다시 한 번 미뤘다.

몇 달 전에는 오랜 시간을 고민하지 않고, 하루 전날이라도 결심하면 바로 짐 챙겨 나오곤 했었는데…. 지금은 왜 그렇

게 쑥쓰럽고 껄끄러운 건지. 아이러니하게도 이유는 당신
이다. 좋아하던 것을 싫어하게 된 이유 혹은 싫어하던 것을
좋아하게 된, 취향을 갈아엎고 살게 한 나의 근원.

·

요즘은 사랑하지 않는 삶을 살고 있어서, 사랑했던 기억을
찾는다. 좋아하는 것을 보면 좋아했던 사람이 떠오른다. 당
신과 함께 바다를 보는 일이, 당신과 바다를 같이 보는 일
이 그랬다. 현실의 일들을 내 자리에 고스란히 두고 떠나갈
땐, 나를 움직인 이유가 당신이어서 가능했던 거다. 우선순
위. 다 제쳐두고 당신에게 달려가고 싶었던 순간이 한두 개
가 아니었다.

다시 우리가 되고 싶진 않다. 다시 사랑할 수 있단 마음 또한
아니다. 그냥…. 당신을 중심으로 돌아가고 있었던 한 세계가
있었다. 오래전에 세워둔 계획 하나를 실행하지 못하고 무슨

일이든 당신이 첫 번째였던 사람이 있었다. 당신은 바다를 닮았다. 바다를 만나는 일이 당신을 만나는 일이었다. 당신을 만났고, 바다를 만났다. 조금씩 써 내려가보니 다시 확신이 생긴다. 이번 달 안에는 꼭 바다를 보러 가야겠다.

비로소 당신을 털어내보겠다는 뜻이다.

한 조각의 풍경이
또 몇 달을 살게 할까

햇볕이 잘 드는 의자에 네가 앉는다. 따사로운 볕을 맞으며 몸을 단장하고, 발라당 드러눕는다. 불현듯 뭉클해지는 그림이다. 네 시간과 나의 시간은 아주 달라서, 만약 네가 주어진 삶의 시간을 다 쓰면 나는 어떡할까. 네 삶의 시계가 나의 시계보다 빨라서 먼저 도착하면 나는 뭘 더 노력할 수 있을까. 우리가 계속 이렇게 같이 살아갈 수 있으면 좋겠다. 창 앞에서 지는 해도 보고, 너는 내 다리 옆에 누워 같이 낮잠도 자고, 계절이 오고 가는 것을 보고, 장난도 치고, 퇴근 후엔 네가 종종거리며 마중 나오고, 변함없이 그리고 끊임없이 사랑하고. 살아가는 동안 너를 사랑할 시간과 기회가 더 많으면 좋겠다. 어쩌면 이 시간이 곧 기회구나. 너의 삶을 사랑할 기회들이 천천히 흘러가고 있구나.

더 사랑해야겠다. 순간이 아깝지 않게.

2부

계절의
끝
너의 마음을
헤아린다

대체할 수 없는 것

어떤 언어로도 사랑을 다 말하지 못한다.

너는 마치 흐려본 적 없던 것처럼 아름답고, 빛나고, 맑고.

네가 밝아서 미치도록 좋다.

이런 날은 마음 놓고 살아도 되겠구나 싶다.

언제나, 항상, 늘,
예외 없이

달보다 초롱초롱하지 못한 삶이어서 자꾸 바라봤다.

달 아래엔 당신이 한참 걸려 있었다.

나를 잃는 것보다 달이 없는 것,

당신을 잃는 것이 더 큰 비극이었다.

무너져 내리기에 딱이었다.

달이 필요하지 않은 밤하늘이 없고,

당신이 필요하지 않은 내가 없듯이.

당신이 사는 시간을 듣는 일

풍경을 나눠보는 것만큼 큰 사랑도 없었다. 지나칠 법한 데도 구태여 찍어서 풍경 한 조각을 보여주거나, 어느 날은 바람 하나 통하지 않을 만큼 두 손을 꽉 마주 잡고, 오후 4시의 한강이나 자주 만나서 이름까지 붙여준 고양이나 이른 아침부터 물결 위로 투신하는 빛들, 늘 걸어 다니는 다리 위의 초승달이나… 그런 것들을 함께 보는 일. 내가 사는 세상을 반쯤 나누어 당신에게 보여주고 싶었다.

나의 세상을 나누어 당신과 채워가는 일.
나의 세계에 당신의 면적을 넓혀가는 일.
내 우주에 강렬한 당신을 묻혀가는 일.
내 풍경들이 당신에게 묻어가는 일.
비로소 나를 내어주고 당신으로 돌려받는 일.

● 너의 계절

내 청춘은 당신으로 설명할 수 있어

참 애석하게도 내가 착실히 살아와도 누구와 어울리는지, 누굴 사랑하는지에 따라 내 생이 재평가받곤 했다. 누군가를 사랑한다는 이유만으로 나의 노력은 무시당하고, 또 누군가가 나를 사랑한다고 그의 생 전체를 모독하기도 했다. 그래서 더욱 잘 살아야 했다. 무결한 사람이어야 했고, 당연히 위배가 되는 짓은 하지 않아야 했다. 언제나 차별에 대해 유의하고 다시 한 번 시간을 돌아보고 또 조심해야 했다. 당신을 사랑하면서 내 생을 더 챙겨보기 시작했단 소리다. 내가 어떤지에 따라 사랑하는 당신들의 삶도 인정받곤 했었으므로.

내가 아주 작은 조각이어도 무던히 노력하고 있는 당신의 삶에 흠이 되고 싶지 않았다. 그게 내가 서로를 사랑하고 위하는 방법이었고, 당신 역시 당신 자신만을 위해 살아갔지만, 또 나로 인해 더욱이 삶을 되짚으며 살았다. 그랬으리라 믿는다. 우리의 관계가 마냥 나의 노력으로 이뤄진 것은 아니었으니까.

먼 훗날에 너는 그 시절 어떻게 살아갔느냐고 물으면 간절
히 살았다고 할 거다. 당신을 이유로 들면서 사랑하기 위해
나를 바꿔가며 견뎌냈다고 할 거다.

내가 사랑할 수 있는 사람이 당신이어서 다행이다.
내 청춘을 당신으로 설명할 수 있어서 다행이다.

너여야만 했는데

오랜만에 추리 영화를 봤다. 네가 좋아하는 시리즈였다. 내가 부러 찾아볼 영화는 아니었으니까 분명 네가 한 짓이었을 거다. 변함없이 내 취향은 아니라 보면서 살짝 졸기도 했지만, 어쩐지 이 영화를 보면서 자꾸 웃던 네가 생각나 꺾이는 고개를 퍼뜩 들어 눈에 꼭꼭 담아가며 봤다. 뭐가 그렇게 재밌었을까. 영화에 대해 생각해보다 결국 논점은 사랑으로 돌아왔다. 과연 너는 나의 어디가 좋아서, 그 숱한 사람 중 나를 택했을까. 내가 왜 좋았을까. 좋아하던 이 추리 영화의 시리즈처럼 나도 계속 보고 싶었던 사람이었을까. 너는 왜 나여야만 한다고 말했을까. 끝내 알지 못할 것이다. 무슨 이유에서 내게 사랑한다고 했을지 짐작 가지 않는다. 어쩌면 너도 나와 같은 마음이었을까, 이 문장에 모든 기대를 걸고. 이제 나는 남은 생 동안 너를 사랑했던 과거의 나를 따라잡을 수 없을지도 모른다. 너를 겪었을 때의 나는 최고의 안정기를 지나는 중이었고, 그 무엇의 침범 없이 평화로웠다. 그 뒤로는 생에 소음이 가득했다. 너와의 일상이 그리워 네가 없으면 돌아갈 수가 없다.

너라는 축복을 다시 한 번 더 겪고 싶다. 그땐 꼭 함부로 대하지 않을 것이다. 네 모든 것을 하나하나 꼼꼼히 기억해뒀다 내 생애 가장 큰 축복이라 온 세상에 떠들어낼 것이다. 내 성공의 목적이 여기 있다고 자랑할 것이다.
너에게 닿기 위해 살았다 말할 것이다.

후회는
나중에 오는 것이라서

울고 싶었다. 당신을 너무 사랑해서 울고 싶었다.

"후회하지 않을까?"

"할 거야, 하겠지. 아마 나는 지금 당신을 사랑한 만큼 후
회할 거고, 고통받을 거야. 새벽을 당신으로 고스란히 새
울 것이고, 아침이 밝으면 당신을 멈추겠지. 미련을 반복하
는 와중에도 당신이 오면 또 기다렸다는 듯이 받아줄 거고.
어떻게든 당신에게 여전한 모습으로 머물려고 할 거야. 어
쩌면 내가 당신에게 여전하다는 건 한결같이 당신을 사랑
하기 때문일 테니까. 여러 종류의 사랑이 있어도 내 사랑의
형태는 언제나 당신이 좋아하는 모습으로 남는 거니까. 또
후회하고, 또 고통받아도 나는 언제나 당신 앞에선 무력하
게 무너질 거야. 사랑을 막아본 적은 없으니까, 분명 그럴
거야."

당신이라면 감당할 수 있겠다,
이 아픔을

당신이라는 배경을 갖고 싶었다. 내 생애 한 번쯤은 그런 행운이 있기를 바랐다. 그 배경 안에서 우리를 그려보고 싶었다. 서로의 눈을 마주 보고 기쁨이 무엇인지 알아가는 여정을 걸어봤으면 했다. 무모한 자신감이 생겼다. 자꾸 무모해지는 일이다. 해낼 수 있다는 믿음으로 당신을 사랑한다는 것은. 나의 자신감은 덜 아플 자신이 있어서가 아니라 더 아파도 괜찮아서였다. 간혹 가다 생각하는 법을 잊었다.

당신을 제외하고 삶을 생각하는 법. 고동빛의 눈을 바라보고 있으면 나는 여태껏 당신을 사랑하기 위해 살아왔나 싶었다.

네가 반가운 거면

좋겠다

세상의 수평이 네가 있는 쪽으로 기울었다. 당연한 일이었
다. 언제나 내 슬픔의 무게보다 네 기쁨의 무게가 무거웠
으므로, 내 행복의 무게보다 네 우울의 무게가 더 짙게 느
껴졌으므로, 모든 것이 자꾸 네게로 떨어졌다. 그게 그렇게
반갑다.
전조현상이랄 것도 없이, 모든 게 쏟아진 세상. 이 사랑이
대단한 걸까, 사랑하게 한 네가 대단한 걸까. 네가 반가운
거면 좋겠다.

그 밤에도

"어느 날은 걔가 '잘 자' 이렇게 문자를 남겨놓은 거야. 전화로도 분명 잘 자라고 했는데도, 또. 생각해보면 나는 그 애가 하는 말 중에 '잘 자'란 인사가 제일 좋았었던 것 같아. 모든 다정함을 숨겨놓은 말이었어. 밤의 끝자락에서 잠을 눈꺼풀 위에 한 금 올려놓고 있으면, 수화기 너머로 찾아와 잘 자라고 다정히 귓가에 속삭이는 날이 좋아서 자기 직전에는 꼭 전화하고 그랬다니까. 내가 무의식으로 떠나 깊은 꿈결에 잠겨 있을 때 그 애는 부디 그 꿈의 물살이 거세지 않기를 바라고 있을 것이고, 내 밤이 따스하길 바랄 것이고, 그 밤에도 단 한 순간도 빼먹지 않고 나를 사랑한다고 말하고 있었을 거야.

이야깃거리를 이만큼 들고 와 오늘은 무슨 일이 있었는지, 더 사랑한다고 단어들을 끌어와 말하고 싶었을 텐데 이미 반쯤 눈이 감긴 나를 위해, 나의 잠을 방해할까 묵혀두고 잘 자라고 건네는 그 애의 몸에 밴 다정과 깊은 배려를 사랑했어. 그 애가 어느 날이든 내게 흘러와 줘서 고마웠어.

어떻게 장담할 수 있냐고? 내가 그랬으니까. 사랑은 그런
거잖아. 어느 순간이든 당신의 행복을 바라고 있는 거."

나의 너

나는 그래도 네게 슬픈 소식보단 기쁜 소식이 넘쳤으면 좋겠고, 네게 우울함이 익숙한 날보다 행복이 당연한 날의 연속이면 좋겠고, 서럽고 비극의 날들은 잠시 지나가고 늘 그렇듯 다시 웃었으면 한다. 너의 밑바닥을 기억하고 매일 채찍질하기보다 가장 아름다운 순간을 써 내려간다고 상기하며 네 시간을 아꼈으면 한다. 상처를 체념하기보다 왜 상처를 주느냐고 반문할 줄 알면 좋겠고, 너의 힘듦을 합리화시키지 않았으면 좋겠다. 물론 네가 어떤 모습으로 살아가든 그것마저 사랑할 거지만, 가끔 세상의 어떤 꽃은 너의 만개한 환희로 피어나기도 했다. 너의 온 세상이 네게 다정했으면 한다. 힘들어서 나를 찾지 않았으면 한다.

기쁨을 한 뭉텅이 들고 내게 자랑했으면 한다.
나의 아름다운 너는 그랬으면 좋겠다.
아름다운 일들만이 너에게 합당했으면.

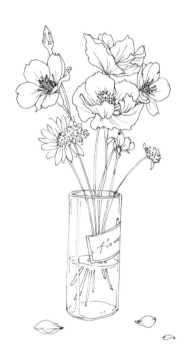

당신이 오지 않는 곳에서

여전히 당신에게 취해 있었다.

나는 당신을 위해

또 얼마나 많은 시간을 열어둬야 하는지.

°이제 어쩐다

'어쩌다'였다. 그 단어가 없었으면 설명하지 못할 일이었다. 당신과 마주친 일도, 당신의 눈에 내가 담긴 일도, 당신과 손을 잡은 일도, 당신과 사랑하게 된 일도. 사랑에 빠진다는 것은 어떠한 이유도 없이 '어쩌다'. 강렬한 빨간색도 아니었고, 편안한 초록색도 아니었으며 그렇다고 발랄한 노란색도 아니었다. 그런데도 더 강렬하고 편안하고 발랄한 파란색. 당신을 바라보며 정의할 수 있었던 색이다. 자유를 대변하는 '파란'의 당신. 세상의 것들 중 가장 흔했으며 가장 자주 볼 수 있었던 색. 당신은 '어쩌다' 나의 파란 하늘이었고, 파란 바람이었고, 파란 파도였다. 흔해빠진 색으로 물들어버렸다. 그것마저 고귀하게 느껴지는 것은 한순간이었다. 어딜 가든 파란색이었다. 기다렸다는 마냥. 이유도 모른 채 '어쩌다' 폭삭 물들어버려서, 갇혀버렸다. 이제 어쩐다. 세상 곳곳이 당신이다.

최선

:한없이 흐르고, 한없이 떠돌다가도,
여전히 잠겨 있다.

어떤 급류에 휩쓸려

너라는 강 하나를 벗어나지 못할까

궁금해졌다.

바다로 가지 못하는 것인지

가지 않는 것인지.

후자일 것이다.

너는 내가 갈 수 있는 세상의 최선이었으므로

당신과
사랑의 역사

"왜 그런 얘기들 하잖아. 태어나자마자 깨닫는 사람이 어딨느냐고. 처음부터 그런 사람이 어딨겠느냐고. 근데 문득 그런 생각이 드는 거야. 나는 처음부터 너를 사랑하기 위해 태어난 것 같다는 생각. 너를 사랑하는 건 내 나이보다 더 오래된 역사처럼 느껴져."

당신 같은 온도를
안아본 적이 없어

"있잖아, 네가 정말 좋아. 네가 있어서 매일매일 행복해. 오늘은 어떤 대화를 할 수 있을까 하는 생각으로 아침에 일어나고, 오늘의 너는 어떤 하루를 보낼까 상상하기도 하고, 어떤 작고 소중한 행복들이 네 곁에서 다정하게 웃을까 기대하기도 해. 이런 사랑을 언제쯤 다시 해볼 수 있을까, 만약에 네가 없다면 내 삶은 괜찮을까 고민도 해. 네가 날 보고 웃으면 그땐…

세상이 허용하는 온갖 다정함으로 네가 만들어진 것 같아."

사랑은 아무것도
구원하지 않았다

사랑은 아무것도 구원하지 않는다. 내가 사랑을 한다고 해서 지구의 죽은 어느 부분이 살아나지도, 우주에 거대한 폭발이 일어나지도, 여태까지의 삶이 대단히 바뀌지도 않는다. 다만 내가 너를 사랑함으로써 커튼 뒤의 햇살이 반 뼘 더 밝아 보이고, 새의 노랫소리가 마냥 시끄럽지 않으며 너의 하루가 평안하길, 네가 슬플 수 있는 건더기가 없게끔 온 세계에 아무런 일이 없기를 바란다. 네가 가는 길마다 해가 쨍쨍하기를, 네 행복을 뒷전으로 희생하지 않기를, 조금 더 이기적이고, 너를 위한 삶을 살기를 바란다. 사랑은 어떤 것도 구원하지 않았다. 누군가의 평안을 기도하며 살아갈 수 있게 만들어줬을 뿐이다.

바람

"호감이랑 좋아하는 거 차이는 뭐야?"

"호감은 그냥… 그 사람의 일상이 궁금한 거고, 좋아한다는

건 그 사람의 일상에 내가 어떻게든 끼고 싶은 거지."

그런 거 아닐까. 당신의 일상에 죽기 살기로 끼고 싶은 거.

"그럼 사랑은 뭐야?"

"그 사람의 일상에 끼여서 늘 바라고 있는 거."

늘 당신과 당신의 사랑이 기쁘고 건강하기를.

○
11:11
당신이 나를 지배하는 시간

"어떻게 개도 널 사랑한다고 확신했어?"

"되게 더운 여름이었는데 그 애는 뛰는 걸 죽기보다 싫어하거든. 숨차고 벅찬 행동들은 질색 팔색하는데, 건너편에 서 있는 날 보자마자 웃으면서 뛰어오기 시작하는 거야. 숨을 헉헉대며 안녕, 하고 말하는데 그때 알았지. 그것보다 사랑스러운 행동도 없었고, 그것보다 사랑이라고 명확해지는 순간도 없었어. 사랑은 아주 작고 사소한 행동으로부터 시작되는 거니까."

내 사랑의
방식이란 것이…

당신의 모든 것이 되고 싶었다.

될 수 없어서, 당신이 나의 모든 것이었다.

내가 사랑하는 모든 것.

무엇이든, 당신.

퍽 묘한 일이다.

저 멀리서도 네가 빛나고 있다는 걸 알았다.

그 짐작만으로도 사랑할 수 있다.

하루살이

어느 변수 앞에서도 너는 언제나 찬란했다.

너를 사랑한 내 탓이다.

눈이 돌아 빛만 보고 달려든 나의 책임.

너는 더 슬플 필요 없다.

네 슬픔이 내가 받은 것 중 가장 큰 시련이었으므로.

°삶의 근원

당신을 사랑한다는 이유로 온 세상에게서 힘을 받은 적이 있다. 당신을 안았다는 이유로 온 우주에게서 살아갈 의미를 부여받은 적이 있다. 기뻤다. 울 수 있어서, 슬플 수 있어서, 아플 수 있어서. 그럼에도 당신 덕에 살아갈 수 있어서.

°환상을 쓰는 일

잊고 싶어도 못 잊을 날이었다. 여름은 이제 슬슬 뒤꽁무니를 빼고 도망간 줄 알았더니, 무슨 미련이 있어 다시 제 기량을 뽐내는지. 이런 날의 연속이라면 얼음 가득 넣은 욕조에 들어가 있다 얼어 죽어도 나쁘지 않겠다. 이렇게 더울 줄 알았으면 에어컨 바람 빵빵한 맥줏집을 갈걸. 괜한 후회가 생겼지만, 옆에서 땀을 닦아내고 있는 당신의 얼굴을 보니 투정 또한 괜한 사치였다. 이왕 왔으니 열대야나 만끽해야지. 그때부터 당신과 함께하는 여름밤을 맘껏 즐겨보려는 의지가 생겼다.

맥주 네 캔과 과자 두 봉지. 집에 두어 개는 쟁여뒀을 듯한 삼천 원짜리 돗자리를 또 샀다. 듬성듬성 자리 잡은 사람들 사이로 깔고 앉았다. 시끄러운 음악 소리도, 요란한 조명도, 각자의 대화에 빠져든 사람들의 말소리와 풀벌레의 여름 합창을 배경으로 대화를 나눴다. 사는 이야기 몇 분, 연애 이야기 몇 분… 그러다 당신이 습관처럼 들고 다니는 아이패드를 꺼내 구름이 언제 몰려오는지, 태풍은 어디에 머물고 있는지 알려주었다.

당신은 하늘을 나는 사람이었다. 비행을 업으로 삼은 사람. 지금 다른 지역의 공항 날씨는 어떤지, 하늘 위에 얼마나 많은 비행기가 떠 있는지 내가 전혀 이해되지 않는 용어가 뒤섞인 메시지 뜻을 알려주었다. 우리는 조금 더 본격적으로 하늘을 봤다. 태어나서 이렇게 하늘만 보던 시간이 있었나 싶을 정도로, 가지고 온 가방을 베개 삼아 드러누워서. 저 멀리서 천천히 움직이는 게 별인지 정찰기인지 아니면 구름이 움직이고 있는 건지 헷갈려하기도 했다. 도시 하늘에 별이 이렇게 많이 보이기도 하는지 처음 알았다.

일정한 무늬로 놓여 있는 것만 같은 별들을 보면서 내 별자리는 어디 있을까 고민도 하고. 멀리서 각자의 추억을 실으며 후쿠오카에서 인천으로 가는 비행기, 사이판으로 향하는 비행기, 대만으로 날아가는 비행기… 우리가 머무른 곳 위로 지나가는 비행기가 어디를 향해 가고, 어느 정도의 높이에서, 얼마의 속도로 날아가는지…. 당신이 아니었다면

해보지 못했을 경험이다. 구름의 동선을 보고, 당신은 어디를 날아가 봤는지 이야기하고, 눈높이에 있던 별이 머리 위로 올라간 것을 보고 탄성을 내뱉으며.

●

무럭무럭 자란 잔디는 젖어 있었고 이야기를 나누던 사람들도 각자의 자리로 돌아가던 새벽. 습기를 한가득 머금어 눅눅해진 과자와 방울이 맺힌 맥주캔을 부딪치며 당신과 하늘과 삶을 이야기했던 시간.

어쩌면 당신과 함께라 더욱 기뻤던 여름밤.

당신이 아니었더라면 없었을 한 장의 이야기.

당신의 눈에는
내일의 우리가

가끔 살아오면서 딱 이 정도 조건만 갖춰지면 행복하겠다, 싶은 순간이 있었는데 당신과 있을 때면 나는 항상 그 조건 보다 많은 기쁨과 즐거움을 누렸어. 가끔은 상처를 받기도, 슬픔을 주기도 하지만 뛰어나게 행복해. 내 행복만큼 당신 의 행복도 간절하게 바라고 있어.

사랑해.
내 손을 잡을 때 손가락이 미세하게 떨리는 당신을,
나를 부르는 목소리와 바라보는 눈빛에 내일의 우리를 담 은 당신을.

종교

너를 믿는 게 내가 행할 수 있는 유일한 기적이었다.

할 수 있는 게 없었다.

언제나 내가 생각하는 것보다 더 많이 너를 사랑해서.

넌 모르지?

넌 모르지? 시간이 부족할 정도로 널 생각해.

넌 모르지? 너한테 했던 말은 거의 다 내가 생각할 수 있는
최선의 단어들이었어.

넌 모르지? 어떤 모진 생각들과 싸워서 너를 사랑하는지.

넌 모르지? 너는 꼭 밤하늘을 머금고 달리는 사람 같았어.

어쩜 그렇게 싱그러울 수 있지? 어쩜 그렇게 푸를 수 있지?

어떻게 해야 그 뜨거운 상냥함을 가질 수 있지? 넌 모르지?

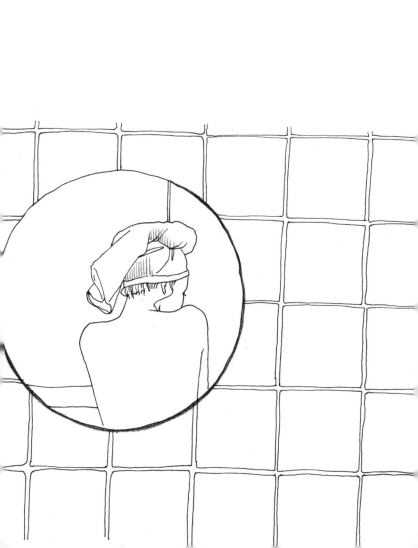

"너랑 연애하면서 가장 좋은 점은 삶이

가끔 구렁텅이로 미끄러질 때도

'그런데도 내 삶엔 네가 있구나'

이 한 문장의 깨우침으로 생을 다잡을 수 있다는 거야.

네가 있는 내 삶이 얼마나 간절한데,

또 얼마나 살고 싶은데…."

순간이 더디게 흐른다

온갖 단어를 다 붙여봤으나 사랑을 정확히 설명해본 적은 없다. 하루의 시작에도 네가 있고, 마지막에도 네가 있는 이 일상이 그저 오래 머무르길, 기도하곤 했다.

살아보면서 지금처럼 간절해본 적도 없었다.

순간은 아쉽고,

내겐 네가 너무 간절하고 소중하고 애틋하고.

고백

너를 사랑한 나의 모든 시간이 자랑스러웠다.

너를 자랑한 나의 모든 시간이 사랑스러웠다.

Never-ending

네 생각으로 중량이 더해져 걸음마다 깊게 눈이 파인다. 발자국의 깊이는 마음 표면 두께밖에 되지 않았으나 그마저도 힘들었다. 누군가를 생각하며 걷는 걸음은 지독하게 무거웠다. 한 번 내디딜 때마다 괴로웠다가 또 마냥 행복했다. 어쩔 수 없이 사막에서 갈피를 잃은 유랑자처럼 눈발 사이로 걸었다.

첫째로는 길을 헤매다 발견한 출구 앞에서도 나가지 못하고, 왔던 길을 다시 되돌아 걷는 것과 같은 일. 다시는 출구를 찾지 않는 일. 자리에 주저앉아서 이 사랑이 내 것인데 가지지 못하는 것인지, 내 것이 아닌데 가지고 싶은 것인지 깊이를 가늠하는 일 또한 잦았다. 눈으로 온몸이 젖는 마당에 그 고민이 무슨 소용이겠느냐마는. 꽁꽁 언 발과 코와 볼에 더는 못 버티겠다 싶을 때, 사랑하지만 부정하려고 애쓸 때 네 웃음이 스며들었다. 시린 세상 사이로 도래하는, 그 말도 안 되는 봄바람처럼 네가 내 안에서 한바탕 불었다. 손톱을 닮은 달만큼 빛나고, 산속에 피어오르는 눈꽃보다 더 화사하게 접혀 들었다.

둘째로는 고단한 일이 별보다 더 하늘 가득 메워져도 네 웃음 하나면 다 무색해지는 일.

내게 사랑은 그런 것.

네 앞에서는 그럴 수밖에 없었다.

내가 너에게
조금이라도 위로가 되었을까?

"예전에 내가 당신을 정말 사랑할 때는 뭐든 좋으니까 당신의 시간이고 싶었어. 우울함이 좀먹든, 자기 직전이든, 맛있는 걸 먹어 행복하든, 하루가 무거워서 서글플 때든, 일상을 져버리고 떠나고 싶을 때든…. 당신 혼자서 살아가는 시간이 버거울 때 내가 빨리 흘러서 위로가 되면 좋겠다고도 생각했었어. 힘든 시간이 되어 빨리 흐르는 거지. 기쁨의 시간일 때는 느리게 흐르고 말이야. 당신이 인생을 조금 즐길 수 있게끔 만드는 시간이고 싶었어. 그래서 나중에, 아주 나중에 당신 생의 일부로 설명되기를, 시간으로 하나의 의미이기를 바랐었어. '그때 나 정말 행복했어.' 이렇게 말이야."

사랑이라는 속임수

나를 믿는 건 참 어려운데…. 사랑을 믿는 건 늘 쉬워서 후회되는 일이 많은 거겠지. 아무도 나를 사랑하지 않을 거라고 생각했는데, 나를 사랑하는 사람을 만났을 때 다가오는 광채가 너무 찬란해서.

봄, 여름, 가을, 겨울을
가만가만 걷는 일

폭주하는 여름을 지나 가을로 가고 싶다. 가을을 보내고, 겨울을 맞이하고 싶다. 찬바람을 맞잡은 손으로 버티며 봄을 맞고 싶다. 꽃을 빗맞으며 봄을 지나쳐 다시 여름으로 돌아오고 싶다. 일 년을 무사히 보내고, 또다시 일 년. 내가 가진 시간을 모조리 걸어 너와 함께하고 싶다. 너와 추억을, 시간을, 계절을, 사랑을 걷고 싶다.

내 시간의 이름

당신의 모든 것을 사랑하진 않아. 내가 싫어하는 부분도 있고, 내가 이해할 수 없는 일들도 많이 벌이는 당신을, 어떻게 단번에 '다 사랑한다'고 할 수 있겠어.

그래도 난 당신의 삶의 방식이 좋다. 얼렁뚱땅 지나갈 일을 다시 한번 짚어서 말하는 당신의 섬세함이 좋고, 불편한 일에 소리 낼 줄 아는 당신의 용기가 좋고, 누군가를 만날 때 멀리서도 웃으며 걸어오는 당신의 상냥함이 좋다. 버스 기사님께 인사를 건네는 당신의 사근사근한 마음이 좋고, 뒤에 오는 사람을 위해 끝까지 문을 잡아주는 당신의 친절이 좋아. 어느 계절을 가리지 않고 자라나는 당신의 자상함이 변하지 않아서 좋아.

누구는 이기적이고 고약하다고 하겠지만, 나는 당신의 고집이 사랑스러워.

당신의 모든 것을 사랑하진 않지만,
모든 모습의 당신을 사랑할 때는 많아.

새벽, 아침, 낮, 저녁, 밤….

당신이 사는 내 시간의 이름이다.

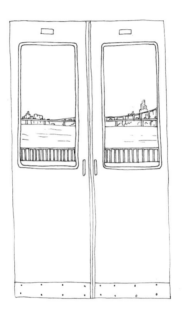

잊어본 적이 없다

한강 다리 아래서 당신과 오래 앉아 있던 적이 있다. 별다른 대화도 없이 돗자리를 깔고 나란히 앉아 비슷한 취향의 노랠 틀고 지나다니는 사람들을 구경하고, 산책 나온 강아지를 귀여워하고, 물이 밀려오는 소리와 빠져나가는 소리를 들었다. 우리 사이의 정적과 타인의 일상들이 흐르는 소리로도 충분히 소란했다.

해가 점점 아래로 떨어져서 붉어지는 것만 하릴없이 보고 있었다. 간혹 '예쁘다, 사진 찍어야겠다' 하는 당신의 추임새만을 들으며 멍하니 풍경만 눈에 담고 있었다. 내가 현재 가장 사랑하는 사람과 가장 사랑하는 장소를 배경으로 같은 시간을 산다는 것 자체로도 부족함 따위 느껴지지 않았다. 느낄 틈조차 없었다. 당신은 알려나 모르겠다. 그때 노을보다 당신의 얼굴이 더 반짝였다는 것을. 햇빛이 물에 고개를 숙이며 빛을 쏘는 동안, 물빛에 반사되어 윤기 나는 그 얼굴이 어떤 무엇보다 아름다웠다.

빛나서 각인되나 보다. 나는 여전히 가장 아름다운 풍경은 잊은 적 없었던 것이 분명했다. 한강을 지날 때마다 당신 얼굴이 아른거리는 것을 보면 분명 그런 것 같다.

° 공존

너는 내 저녁과 밤과 새벽이야. 다 다른 어둠이야. 덮어도
덮이지 않는 영원의 색. 아침이 와도 내 세계의 어딘가는
자꾸만 너에게 먹혀들어 가고 있었지.

˚당신과 나의 전제

당시의 나는 쓸데없이 간절했었다. 당신도 모르는 이야기다. 어디를 갈지, 뭘 할지 명확히 정하진 않았지만, 인터넷에서 떠도는 '애인이 생기는 부적'을 저장하고, 머리를 쓸어내리다 황급히 헤어팩을 덕지덕지 바르고 잠자리에 들고, 친구들에게 내 꼴이 이상하지 않느냐고 몇 번이나 물어보고, 괜히 그의 SNS를 들여다보고…, 얕은수를 써서라도 마음에 들고 싶었다. 그만큼 나는 당신에게 확고했고, 신중했다.

전화한 새벽 당일이 공휴일이 아니었고, 다음 날은 당신의 생일이 아니었으면, 우리는 매일같이 연락을 주고받지 않았고, 새벽에 당신의 전화가 오지 않았더라면, 생일 선물로 뭐 갖고 싶으냐는 말에 내 이름을 대답하지 않았더라면, 당신이 친구랑 없었더라면, 당신이 내게 와 달라고 부탁하지 않았더라면… 우리는 어떻게 됐을까. 몇 개의 가정법을 내세워 감히 상상해본다. 우리가 만나기는 했을까. 아마 예상 대답은 '그렇다'일 수도 있겠다. 만났을 거다. 똑같이 광안리 해변을 걸으면서 팔짱을 꼈을 거고, 닭발집에서 소주 한 잔했을 거다. 같은 방법이 아니어도 나는 당신을 사랑했을 거다. '첫눈에 반한다'라는 우스갯소리로 넘겼던 문장은 당신을 기점으로 기정사실로 되어 있었으니까.

●

우리는 서로에 대해 모르는 점이 수도 없이 많다. 어떻게 당신의 모든 점을 '안다'고 말할 수 있을까. 너무 다른 세상을 살아온 우린데. 모르는 것이 많아서 생겨나는 오류들 또한 많다. 사랑은 언제나 향기롭지 않았다. 꽃밭으로 비유하자면, 강아지가 몰래 싸고 간 똥도 있고, 꽃을 탐하는 벌레도 있고, 그 꽃이 오로지 내 것이 아니어서 생기는 욕심들도 곳곳에 피어나 있다. 그것들을 다 감수하고서라도 꽃밭에서 뒹굴겠다 결심했는데, 나 역시도 아직 어른이 아니어서 별스러운 것들에도 교정하고 싶은 욕심이 생긴다. 그런 길을 걸으면서도 오로지 나의 목표는 하나뿐이다. 최선을 다해 당신을 아낄 것.

당신이 들으면 섭섭해할지도 모르지만, 가끔은 처음의 감정이 가장 좋았다고 생각한 적도 있다. 많이 모르고, 마냥 설렘으로만 가득 찼던 시간. 당신에게 좋은 면만 골라서 보이고 싶었던 순간들이 고작 두 달 전의 이야기지만 그리웠던 찰나가 있다. 편안함이 사랑의 방증은 아니지만, 그 아릿했던 텐션이 설렘으로 이어지기도 하니까. 지금도 감정이 소로록 앞다퉈 올라와서 너에 대해 쓰려니 손이 바빠져. 하루빨리 우리가 안정기를 찾아 서로의 모습들을 가감 없이 보여주느냐, 혹은 조금 긴장감과 함께 살아가느냐. 어차피 같은 소리다. 사랑 안에서의 사투고, 곧 있으면 생각도 나지 않을 고민거리. 무엇이 되었든 당신에게 있어 진솔하겠다고 결심한 내 마음은 변함없다.

수많은 갈래 속에서도 당신과 같은 길을 걷고 싶다. 다른 보폭을 서서히 맞추면서, 손을 꽉 마주 잡으면서 한여름 밤의 꿈으로 끝나지 않을 모든 계절 속에서도 같은 온도를 유지하기를 바란다.

당신이 가고 싶은 길이 저기라면, 어쩌겠어. 사랑의 할당량이 충분하다면 나는 따라붙을 생각이다. 당신을 응원하고, 나를 생각하고, 우리를 아껴주면서.

당신을 오롯이 받아낼 수 있게끔
마음의 크기를 키우면서 오로지 당신만 채울 생각이다.
같은 주제의 소원으로 글을 마무리해본다.
처음 만났던 별안간 그때처럼
'우리'의 온갖 전제는 오늘도 사랑이길.

소원

내가 이룰 수 있는 기적을 모두 모아 너에게 주고 싶다.

네가 있는 하루

그저께는 다를 게 없는 하루였어. 그냥 고대했던 만남을 이뤘고, 그 자리에서 어떻게 지내왔는지 이야기를 하며 앞으로는 어떻게 살 것인지 얘기를 하고, 같이 식사를 하고, 격조 높은 이야기까진 아니더라도 '그래도 잘 살아왔구나' 싶은 시간이었어. 뭐가 다른 걸까 생각했는데…. 일하는 와중에도 네 생각이 나는 거. 내일은 너를 본다는 마음으로 꽤 설렜던 거.

그, 네가 예전에 읽어준 글 있잖아. 『어린 왕자』에 나오는 유명한 문장. "가령, 네가 오후 4시에 온다면 난 3시부터 벌써 행복해지기 시작할 거야."라는 문장 말이야. 왠지 그런 것 같더라. '내일은 무얼 하지, 내일은 어떻게 시간을 때우지…' 하면서 지냈는데 너를 만난 후로는 그런 생각을 하지 않게 됐으니까. 다음 날은 너를 만나니까 그날부터 행복했던 거야. 너를 만나서 손을 잡고 품에 가득 안고 이런 시간이 벌써 내 곁에 있었으니까. 생에서 가장 좋은 변화가 아닐까 싶어. 내일이 기다려진다는 것. 이런 날씨에도, 저런 날씨에도 하나 휘둘리지 않고 네가 내 곁에 있다는 것만으로 행복해지는 것.

가장 나쁜 변화는… 없다고 하면 거짓말일 거야. 사실 너무 사랑해서 생긴 오류지. 내 방 창밖의 나무처럼 네가 내 곁에 항상 있었으면 좋겠어. 밖을 내다보면 네가 있고, 내가 지을 수 있는 가장 따뜻하고 상냥한 목소리로 인사하고, 하루를 시작하고 마감하는 상상을 자주 하곤 해. 혼자서 누군가를 좋아할 땐 외롭진 않았던 것 같아. 그냥 무작정 좋아하면 됐으니까. 어차피 나를 모르는 사람을 좋아하니까 외롭진 않았어, 슬펐을 뿐이지. 근데 연애를 하니까 조금 외로워, 슬프진 않아. 네가 곁에 있고 없고를 떠나서 내 잡생각에 외롭고, 내 환경이 외로워. 네 탓이 아니야. 하루에도 수없이 구름 위를 걷다가, 구름 그림자에 머물다가…. 예전이라면 이런 일로 골머리 앓진 않았을 텐데, 아프지 않았을 텐데 돌아보기도 하고, 뱉은 말과 문장들을 후회하기도 해. 이런 거야. 네게 완벽한 사람이 될 수 없는 내 모습이 외로위. 쓰다 보니 나쁘다는 말이 맞는지 모르겠다. 틀린 것 같아. 너와 연애하고, 행복하고, 외로워지면서 더 열심히 '괜찮은 사람'이 되고 싶었으니까.

나는 그래. 복잡해졌어. 너한테는 어떤 모습이 생겼어? 어떤 모습이 싫어졌어? 다만 하나 장담할 수 있는 건 그 변화 속에서도 우리는 무사히 사랑하고 있을 거야. 제일 간절해.

결국, 사랑이 이기는 기이한 현상.

이상해져도 괜찮을 일들이 함께하길. 모든 변수와 쉼 없이 싸우면서 치열하게 서로를 사랑하길. 아, 그리고 이건 못한 말인데… 닿아줘서 고마워. 기다리고 있었어.

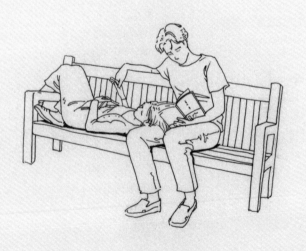

3부

사람들은
우리를
'필연'이라
불렀다

친애하는
나의 당신들

위대한 나의 당신들, 오늘 하루도 고생하셨습니다.

오늘은 이런 일을 하고, 몇 시에 여기를 가야지. 전날 밤부터 계획을 정해두고 있어도, 다른 사건으로 계획이 틀어지기도 하고 순차적으로 엉망이 되어가는 하루를 보면, 나는 늘 준비되지 않은 채로 삶을 살고 있었다. 하지 않을 것이라 결심했던 실수를 반복하고 누군가에게 괜히 얄미운 행동을 골라하고. 미워죽겠다 싶으면서도 내 삶의 끝, 곁에는 오로지 나밖에 없다는 걸 아니까 이젠 내게도 미운 정이 드는 거다. 내가 시작하고 싶어서 시작한 인생은 아닌데 어떻게든 괜찮아지려고 하는 거 보면 괜히 또 콧구멍이 간지럽다. 시큰거린다.

나를 사랑하고, 이해하고, 아껴주고, 참아내는 것도 모자라 누군가의 감정과 사정, 삶의 방식까지 껴안고 가는 것까지 싫을 때가 있었다. 나밖에 모르고 싶은데 나밖에 모르게 되지 않아서. 어쩌면 오직 사랑도 있겠지만, 가끔 타인을 향한 감정은 미운 정으로 켜켜이 쌓이나 싶다. 나조차도 가끔 나의 행동이 끔찍한데 타인이 싫어하는 행동은 인내해야 하고. 산다는 것은 경이로운 일과 동시에 견뎌내는 것이다. 나와 타인을 많이 미워하면서 사랑하고 있다. 저마다의 힘듦을 안고 있으면서 하루를 견뎌내는 사람들은 위대하구나.

위대한 당신들.

오늘 하루도 견디느라 고생하셨습니다.

조금만 더 견뎌봅시다.

당신의 힘듦이 조금 덜어질 때까지.

지우지 못한 것

잘 잊고 산다. 불과 30분 전에 한 말인데도, 적어두지 않으면 깜빡할 정도로. 말을 하다가도 갈피를 잃을 정도로. 이렇게 잘 잊고 살면서 당신과의 기억은 왜 잊히지 않는지. 사실 어디서부터 당신을, 기억을 잃어가야 할지 감이 잡히지 않는다. 잊고 싶은 것만 잃을 수 있는 것도 아니고, 잊고 싶지 않은 것도 잃을 수 있다.

잘도 불편하게 산다.

정체된 구름

"나랑 평생 같이 있자."

진작 알았다.

그 말이 그때만 가능하다는 것을, 지켜지지 않을 것을.

사랑이 만들어낸 뜬구름에 불과하다는 것을.

당신을 부지런히 사랑한 나머지 그 말이 언제나 가능하게 해주고 싶었고, 지켜주고 싶었다. 사랑이 만들어낸 나는 당신의 뜬구름을 꼭 잡아두고 싶었다.

당신은 그 구름을 타고 시간따라 내 세상을 열심히 지나쳐 갔는데, 나는 열심히 당신과의 기억에 머물러 있다.

사람들은 우리를
'필연'이라 불렀다

재회는 늘 평범한 삶처럼 특별할 게 없었다. 길 가다 우연
히 마주치는 옛 동창과의 조우처럼. 헤어진 연인의 순서가
그러하듯 멀리서도 네 목소리를 듣고 돌아봤고, 돌아보는
기척에 그 애 역시도 나를 바라봤다. 그냥 눈인사 한 번으
로 지나갈 수 있었는데, 어쩌면 눈인사 같은 자질구레한 것
도 필요 없이 그냥 지나칠 수도 있었는데 굳이 다가가 인사
를 건네고, 안부를 묻고. 무슨 정신으로 그랬는진 모르겠다.
아마 서로를 지나간 사랑이라 낙인찍은 것이 시작 아니었
을까, 짐작해본다. 그 애의 초점이 '지나간'인지, '사랑'인진
나도 잘 모르겠다.

다시 만났을 땐 이전의 실수를 다시 하지 않기 위해 조심
했다. 여기서 조심이란 내 감정을 여과 없이 드러내는 일을
멈췄다는 거다. 나를 다 보여주지 않고, 상대를 조금 더 생
각하는 일.

그게 맞는 방법이었을까? 사랑 앞에 솔직하지 못해 사랑의
수명을 죽이고 있었다. 우리는 전과 같은 실수는 하지 않았

지만, 실수하지 않으려고 한 게 우리의 두 번째 실수였다. 여느 때처럼 사랑은 더욱 열심히 소진되었고, 끝으로는 이별이었다. 이별이 그렇게 거창한 것은 아닌데 이번에도 나는 미친 듯이 아팠고, 작정한 것처럼 울었다.

다시는 너와 같은 사랑을, 너 같은 사람을, 너를 좋아하지 않을 것이다. 세상을 홀라당 내어주고 무너지는 일 따위 없을 것이다.

울면서 되새기는 마음 역시 지난번과 같았다. 지켜지지 않는 것 또한 마찬가지겠지.

빗방울

나는 언제나 네가 밀면 떨어지는 삶이었다.

떨어져서 내 몸을 흠뻑 적시는 삶이었다.

몇 문장 되지도 않는 글이 소화되지 않을 때가 있다. 사랑하지 않아야 한다는 압박감에 시달려 당신을 원망해봤으나 왜 다 멀리서 바라보면 사랑인 건지. 우리는 항상 평범한 만남과 사랑을 했고, 평범한 이별을 했다. 그리고 이 모든 것은 서로를 사랑이라 부르기 시작한 때부터 특별해지기 시작했다.

당신으로 사는 일

당신을 끊임없이 사랑하면서 살아갈 수만 있다면 어디든
상관없다고 생각했다. 당신을 사랑하는 것이 곧 벌인 줄도
모르고. 당신의 넓고 깊은 웃음을 받아낼 때마다 더없이 풍
족한 삶이 되었다. 참 오래 당신에게 묶여 있었다. 얼마나
더 묶여 있을지도 모르겠다.

아, 당신이라는 나의 사랑스러운 감옥.

재회, 회귀

: 다시 만남. 두 번째로 만남.
: 한 바퀴 돌아 제자리로 돌아오거나 돌아감.

다시 품 안에 당신이 있으니 하는 말이다. 이제는 그동안 내가 얼마나 당신을 사랑하는지, 얼마나 사랑할 건지, 그리고 얼마나 그리워했는지 말할 수 있다. 하지 않았던, 아니, 하지 못했던 말들이다. 내가 가지고 있는 세상의 단어 중 감히 이 막연한 감정을 아우를 만한 대단한 단어가 없었다. 얼마큼 사랑한다고 해주고 싶었는데, 이 수렁 같은 사랑이 얼마나 깊은지 나조차도 가늠하지 못했으므로.

당신이 돌아왔으니 더 늦기 전에 말할 수 있다. 분명 당신과 가졌던 시간의 공백이 준 깨우침이다. 하늘만큼 땅만큼, 이렇게라도 말하면 알려나 싶다.

세계가 당신이다. 바람은 당신의 입김이고, 팔에 돋은 닭살은 당신이 경이로워 오소소 돋았고, 나무는 당신의 소중한 추억들이 자란 것이고, 숲은 당신의 기억들이 만든 보물이다. 그 숲을 구경하느라 돌아갈 시간을 잊은 적도 있었고, 시린 바람을 맞을 때면 당신이 따뜻해지길 바라며 기도한 적도 있었다.

이 세상 만물은 당신의 흔적이다. 이제 내가 얼마나 당신을 사랑했고, 사랑할 거고, 사랑하는지 또 어느 정도로 그리워했는지 가늠할 수 있을까. 하물며 매일 같은 버스에서 보는 사람도 보지 않으면 한 번쯤 생각나는데 한동안 매일같이 잊지 않고 만나고, 매일 같이 잊지 않고 사랑하고 있는 당신은 어떨까.

굳이 더 설명하지는 않겠다.
당신을 만났을 뿐인데 온 세상이 환영해주는 기분이라니.
이런 황홀감을 표현할 재간이 없다.

머물러주어
고마웠던 사람에게

사랑이 내 간격에 머물다가는 순간이 있다. 이유도 모른 채 노을같이 물드는 사랑이 있었다. 내가 허용하지 않아도, 정말 아니라고 생각했던 사람마저 내가 생각하지 못한 간격들로 밀려들어온 적 있다. 제게 편히 기대라고 자세를 바꾸고 어깨를 내어주던 순간, 예쁜 것을 보여주고 싶다고 찍어온 노을 사진을 내보이던 순간, 잠든 머리를 조심히 쓰다듬는 손길의 순간, 그런 순간의 틈 사이로 네가 흘러왔다. 빛이 퍼지듯 아주 순식간에, 다정하게. 그 간격에 네가 있었고 내가 숨 쉬었다. 당신이 머물다간 순간의 기억은 계절의 한 부분이었다. 갖고 싶었으나 가질 수 없어서 기억으로만 찍어둔.

'나 잊으면 안 돼요'라고 건넨 문장이 사무쳐서 아직도 너를 잊지 못했다. 삶이 고단할 때마다 네가 있던 기억으로 쉬어가기도 했다.

당신으로 살았다

사랑은 되게 사소한 거구나. 늦게 오는 사람을 위해 현관문 앞의 등을 켜두는 거나 이불을 꼭 덮어주는 거나 인도 바깥쪽을 자처해서 걷는 거나 생각나서 무엇을 준비하고 사 온다거나…. 사랑의 정도가 작아서가 아니라 사소하게 깊어서 잘 느껴지지 않는 것 같아. 그 사소한 일이 축척되고 쌓여서 어떤 날은 당연해지고 그게 일상이 되고, 하루가 되는 거였어.

사랑이 빠져나가는 순간 괜찮구나 싶다가도 무너지는 건 내 일상이 없어져서 그렇구나. 무너지고 있다는 건 살아봐야 아니까. 그 사람이 없이도 살 수 있는지는 다른 일상을 걸어야 아는 거니까…. 그래서 우리는 그리움을 후회로 착각하나 봐. 그리워하고, 후회하고. 결국 잊히지 않는 이름이 있고, 감정이 있는 게 그래서인가 보다.

나의 당신은 포기할 수 없는 거였는데.
나는 다른 걸 일순위로 두면서,

차근차근 당신을 잃어가고 있었구나,

내 일상을.

그리움의
다른 이름

벚꽃잎을 떨어뜨리고, 더위를 녹이고, 단풍을 해치고, 눈 사이로 내렸다. 봄도, 여름도, 가을도, 겨울도 장마였다. 안개가 끼다가도, 마른하늘에도 내리다가도, 잠시 쉬다가도 이내 무참하게, 무심히도 내렸다. 빠져나갈 구멍이 없어 계속 채워져서 기온 따라 얼어붙기도 했다. 장마 같은 사람이었다. 장마여서 막을 방법이 없었다. 어쩌면 미리 알았더라도 내리게만 됐을 장마. 당신이라서 거부할 수 없었다. 당신이어서 거부하지 못했다.

무너질 준비를 하고 있었다. 일부러 우산을 준비하지 않고, 아끼는 옷을 입고, 물끄러미 하늘을 들여다보는 날도 있었다.

세상은 그리운 것투성이다.
유독 당신과 관련된 것들이 더 사무치기도 했다.

추억을 되감는
시간

시간은 공평하지 않다. 절대적이지 않다. 그랬다면 당신과의 시간이 천 년 같지도, 당신과의 일들이 마치 전생의 일처럼 아득해 보이지 않았을 것이다. 당신과 함께하기 위해 언제나 내 시간을 제쳐두고 당신이 있는 시간으로 내달리고 있었다.

당신이 없는 당신의 시간을 살고 있다.
돌아갈 생각조차 못하면서,
돌아갈 방법은 잊은 채로.

그리움은 과거를 몽땅
후회로 만드는 재주가 있다

욕심이 많았다. 과거로 돌아간다면 더 큰 사랑을 줬을 텐데. 지금보다 더 넓고 아득하고 가늠하지 못할 사랑을 줬을 텐데. 왜 나는 짐작 가능한 사랑을 줘서 지금 여기서 후회하고 있는지. 고작 그 정도의 사랑으로 네게 기억되려고 한 내가 어리석었다.

치열하게 사랑하지 못한 내게 있어서 새벽은 벌 같다.
잠을 자도, 꿈을 꿔도 네게 묶여서 허덕이는 벌.
세상 온통 당신인 벌.

사랑의 꽃말

너는 그런 힘이 있었다. 기껏 고고하게 지켜온 자존심을 다 무너뜨리게 하는 힘. 범람하기 직전 가까스로 쌓아놓은 강 둑을 한 번에 망가뜨리는 힘. 애초부터 내게 있어 평정심이 라는 마음은 닿지 못할 욕심일 뿐이었다. 네 앞에서는 언제 나 무너질 준비를 해야 했다. 자존심 다 버리고, 너를 향한 넘치는 애정을 감당하지 못한 채 사고의 어딘가는 네게 멈 춰 너로 살다가 너로 죽어야 했다. 첫눈에 반한다는 건 그 런 것이었다.

사랑의 꽃말은 지배였다.

°이 별과 저 별

모든 것들이 고요했다. 고요 속의 고요를 몸소 체험하는 중이었다. 어디서부터 시작되었는지 모르는 물줄기는 중력에 이끌려 아래로만 떨어졌고, 하늘에서도 다른 형태의 빗물이 떨어졌다. 모로 누워서 창밖을 바라보다가 주야장천 인터넷 검색창을 들여다보다가 다시 또 앉다가. 자세와 행동을 연속으로 바꿔대며 생각을 떨쳐내려 했으나 소용없었다. 강단 있게 뱉은 말치곤 무력함이 덕지덕지 묻었고, 아쉬움이 눈에 밟혔다. 먼 훗날 보면 어쩌면 생애 가장 큰 실수였을지도, 어쩌면 생애 가장 옳은 선택이었을지도 모를 일.

마음을 제어하는 일이 가능한 사람이 있을까? 누구나 가능한데 그 누구도 하지 않은 것일까. 인연의 수명이 다한 것이다. 계속 연장하려고 애써봤자, 마치 내 영역이 아닌 것처럼. 산을 자주 다녀도 한 번도 쌓지 않았던 돌탑을 쌓아 올렸다. 누군가 발을 쿵 굴리면 다 무너져 내릴 것 같았지만, 미련만큼 강한 무게는 없으니까.

담아두고 왔다. 너를 사랑했어도 사랑하지 않았어도 슬픈 날들이었다. 언젠가 했던 그 말처럼 '내 생에 네가 있었다.' 그 기억 하나로 기쁘다가 슬프다가 행복하다가 살 것이다. 가끔은 네 생각도 하고, 뒤따라간 내 마음도 책임지면서. 순리대로.

우리로서의 우리

당신만 예외인 것 같았던 때가 있었다. 당신이 아무리 털어도 털리지 않았던 꼭 물기 같았던 그때, 다 멈추고 도망치고 싶었던 그때, 시간이 약이라는 말을 믿고 기다렸던 그때, 여전히 괜찮지 않았던 그때. 반 발자국 먼저 떠나 있을걸 그랬다. 별똥별이 떨어질 주소란을 당신 집으로 쓰지 말걸. 소원을 말하지 말걸. 그럼 먼저 이 별을 벗어날 수 있을텐데. 어떤 이별은 사형선고 같다.

우리로서의 '우리'는 이제 수명을 다했다는 것처럼.
내가 벗어나지 못했던 별 이야기다.

당신은 떠나가도
사랑은 머무르듯이

네가 얼마나 소중한 시간을 딛고 내게로 왔는지 잊고 살 때가 있다. 처음 안았던 순간이 얼마나 벅찼는지 간과하고 살 때가 있다. 망각이 습관이다.

사랑은 시작한 순간부터 평생 안고 살아야 하는데.

사랑을 대하는 방법

"그 애를 사랑한 뒤론 하나도 잊어본 게 없어. 처음 만난 날의 옷차림, 그날의 날씨, 팔짱 낀 순간, 같이 걷던 바닷가, 땀이 송골송골 맺혔던 그 애 이마, 한쪽 눈만 접히던 웃음, 사소한 말버릇. 건강해지는 기분도 들어. 그 애를 보면 가끔 울컥 눈물이 났다가, 별것도 아닌 일에 서운해 화도 났다가, 시야가 흐려질 정도로 웃다가, 그 애한테 아무것도 해줄 수 없다는 무력감에 좌절했다가⋯. 세상에서 제일 행복한 사람과 제일 슬픈 사람을 반복하며 살아간다는 게 이렇게 기뻤었던가 싶어. 이 말을 하는 와중에도 생각나는 사람이 있고, 언제든 달려가서 사랑한다고 고백하고 싶은 사람이 있는데 내가 뭘 잊어. 모조리 기억해야지, 틈틈이 사랑해야지."

'서로'라는 말

나는 아무것도 아끼지 않을 거야. 네게 줄 수 있는 모든 걸 주면서 어느 미래에서도 이 시간이 후회되지 않게 할 거야. 앞으로도 최선을 다해 무모할 예정이다. 서로의 시간을 아까워하지 않으면서, 서로의 감정을 아껴주면서, 서로의 이 야기에 귀 기울이면서, 서로에서 우리로, 태초부터 하나였던 사람들처럼.

그렇게 사랑할 거야.

너의 신체 가장 뜨거운 곳에 언제나 내가 있도록.

또 언제나 네가 내게 있도록.

°돌림노래

아직까지는 비밀이다. 이제부터 나의 모든 오늘이 너로 쓰
인다는 것도, 너의 모든 순간이 내 시간이 된다는 것도. 너
로 인해 내 세계가 가끔은 지진이 일어났다가, 태풍이 쳤다
가, 바람이 불다가, 결국엔 꽃이 필 거라는 것도.

꽤 괜찮은 사람

공간이 주는 힘을 믿는다. 언젠간 당신도 이곳에 꼭 데려와야겠다. 마주 보고 있는 의자를 옆에 두고 같은 풍경을 바라봐야겠다. 시간이 가는 소리를 들어야겠다. 같은 시선 속에 살아야겠다. 한겨울에도 얼음이 둥둥 뜬 바닐라 라떼를 마셔야지. 손이 얼었다는 핑계로 당신의 어깨에 기대야지. 체온을 나눠야지. 그때가 된다면 멀쩡해질 수도 있겠다.

당신이 내 곁에 머문다는 이유만으로

나는 꽤 괜찮은 사람이 될 수도 있겠다.

당신과 함께 하는 공간 속,

나는 당신에게 살고 싶다.

세계의 끝

왜 바다는 한결같이 그리운 건지.

사진 하나를 봤다. 바다의 경계가 뚜렷한 사진. 밀도가 다른 두 바다가 만나 경계를 보이는 것이라고. 그 지역 사람들은 이곳을 '세상의 경계', '세계의 끝'이라고 부른단다. 끝과 끝이 만나는 지점. 동그란 지구의 끝을 딱히 어디라고 정의하지 못했는데 아마 오늘부터 이곳을 내 세상의 끝이라고 불러야겠다.

가고 싶은 곳은 많았다. 가본 적은 없지만, 가끔 그리운 장소들. 당장 실행할 수 있지만, 용기가 없어 발걸음을 주저했던. 여기도 내가 갈 수많은 곳 중 하나가 되겠지. 너와 함께 갈 수 있으면 좋을 텐데, 가당치도 않은 소리란 걸 이미잘 알고 있다.

너는 나의 모든 기력을 빼앗고, 아무것도 모르는 것처럼 화려하게 피었다. 오래 미워하고 싶었지만, 머리와 마음은 한 뜻이 아닌 걸 알았다. 마음을 따라가다 보면 나는 언제나너를 아주 오래 보고 싶었다. 어디까지 필 수 있는지.

홀로 가게 될 세상의 경계에서도 너에게 쓰게 될 것이다. 아니, 써야겠다. 세계의 끝, 여기까지 네 향기가 날아왔다고.

˚이 그리움은

당신은 흘러가는 이 풍경 속에서도, 노을 아래에서도, 산란하는 물빛 위에서도 있었다. 유독 보고 싶은 밤이다. 이 그리움은 사랑보다 조금 더 짙은 애정이다.

너에게 오래
기억되는 일

너는 가끔 눈부셨고, 또 가끔은 찬란했다. 아주 가끔은 다채로워 눈이 마비되기도 했다. 몸의 구석구석부터 전율이 일었다. 찰나에 가장 아름다워서 누군가에겐 가장 오래 기억하고 싶은 영원이 되기도 했다.

이,별수 없는 버릇

별수 없는 버릇이다. 책을 읽다 사로잡힌 문장 밑에는 길게 줄을 긋거나 오른쪽 귀퉁이를 접어서라도 각인시켜 두려는 것은. 책을 퍽 깨끗이 읽는 친구는 전혀 이해하지 못할 버릇이라고 혀를 내둘렀지만, 나라고 이유가 없는 것은 아니다. 표식을 해두지 않으면 쉽게 잊어버릴까 하는 염려가 첫 번째, 그로 인한 두려운 마음이 두 번째 이유였다.

내가 읽어 내려간 책들 대부분은 꼭 한 문장쯤은 표시되어 있거나 몇 페이지가 접혀 있기도 했다. 고심하고 산 책에서 한 문장에도 사로잡히지 못한 날도 있었고, 그저 표지가 예뻐 고른 책에 홀라당 빠져 몇 개월 동안 그 책 하나만 머리맡에 두고 잠들 때마다 읽어 내려간 적이 있기도 했지만.

후자로 알게 된 너의 책은 전부 좋았다. 바로 전에 읽었던 책이 겨우 한 문장이 좋았다면, 너의 삶이 낱낱이 쓰인 이 책은 단 한 부분도 필요하지 않은 것이 없었다. 쉼표도, 문장 사이의 간격도, 단어들도 큰 의미였다. 얼마나 소중했는지는 에둘러 말하지 않아도 알 것이다. 아직도 그 책을 들

고 사냐는 친구들이 다섯 손가락을 넘어간다면, 내가 얼마
나 널 사랑했는지 설명이 되려나 싶다.

다만 너에게 나는 지나간 페이지일 뿐이지만. 지금의 네가
돌아본다면 기억나지도 않을 과거가 된 시간이 아쉬워서,
마치 누군가 편집이라도 한 것처럼 지나가는 네 시간이 너
무 빨라서, 너라는 책을 열어볼 때면 모든 페이지와 문장에
표식이 되어 있어서, 아직도 내가 너의 삶을 놓지 못해서,
지나간 날의 우리를 열어두고 한참 울곤 했다.

운다고 달라질 일이 뭐 있겠냐마는,

울 수밖에 없는 일도 있었다.

너와 나의 사랑처럼.

별수 없는 버릇이다.

너라는 원본

닿아보고 싶었어. 너의 손은 어떤 온도일까, 너의 웃음은 어떤 해맑음일까, 너의 말은 어떤 농도를 지녔을까. 마침내 네가 내 손끝을 잡았을 때 알았지. 더 이상의 시는 무의미하다는 걸. 호흡이 긴 문장도, 역사를 써 내려간 깊은 문장도 너라는 원본의 털끝도 담아내지 못할 걸 알았지.

요즘 나는
사람이 무섭다

낮과 밤이 완벽히 뒤바뀐 생활패턴에 점점 익숙해지고 있다. 낮에 시작되는 공사장의 소리도 백색소음으로 느껴질 정도로, 해를 달로 착각하며 편안하게 잘 지내고 있어. 이제는 공사장 소리가 없어지면 서운한 마음에 무슨 일이 있나 싶어서 창밖을 내다보기도 해.

네 목소리도 그랬었어. 생활하는 동안 따라오는 가장 익숙한 소음, 평화, 행복, 기쁨, 즐거움. 다만 내가 쉽게 사랑을 말한다고 네가 내 사랑을 쉽게 보란 소린 아니었어. 그건 언제나 무겁고, 버거웠다. 넘치다 못해 뱉어버린 애정이 얼마나 소중했는지 너는 모를 거야.

나는 요즘 사랑이 무섭다. 시간이 애정을 보장해주지 않으니까, 이 사랑도 닳고 녹슬까 봐. 소진될 감정이라는 게, 너를 후회하지 않고 사랑하고 싶은데 보장할 수 없어서 무서워. 지금의 정답은 너였지만 먼 훗날 나의 정답은 네가 아닐까 봐 그래서 내가 아주 오랜 시간이 지난 뒤엔 너를 꺼내보지도 않을까 봐. 이젠 차라리 내가 즐기지 못하는 봄이어도 벚꽃이 피지 않았으면 좋겠다고 생각했어, 피지 않으면 서러울 거면서. 봄이어도 네가 생각나지 않았으면 좋겠다고 생각했다, 없으면 울 거면서.

내가 사는 동안 네가 죽은 세상은 없는데 나는 자꾸만 도망가고 싶다.

할 수 없는 일

나는 너를 한 번도 쉬워해본 적도, 싫어한 적도, 미워한 적
도, 증오한 적도 없었다.

그만 사랑하고 싶은데 그러기엔 내가 너를 너무 사랑해,

그래서 네가 슬퍼본 적은 있다.

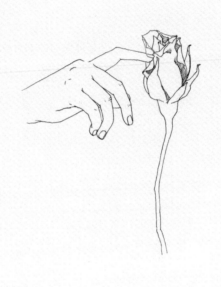

네가 피는 계절을 기다려.

아마 내가 너보다 더 기다릴걸.

온당하다

햇빛 아래서 각각 다르게 빛나는 너의 모습들을 새는 날이 보통 날보다 많았고, 밤에는 너의 눈부신 잔상으로 잠 못 드는 시간이 더 길었다. 어느 새벽도 아깝지 않았고, 너에 대한 내 사랑은 온당하다 여기며 그렇게 모조리 당신으로 범벅되어 한 계절을 살기도 했다. 언제나 너와 하고 싶은 건 많았으나 내가 할 수 있는 것은 없었다.

내 삶이 온통 당신이어서.

°알람

너의 웃음소리는 생을 깨우는 알람과도 같았지.

네가 웃을 때마다 불안해졌다.

또, 어떤 밤이 잠들지 못할까 걱정되어서.

낙인

벌써 일주일째 같은 꿈을 꾸고 있다. 명확히 말하자면, 똑같은 사람이 똑같은 타이밍에 나타나는 꿈이다. 비현실적인 것들이 가득한 허상의 세계에서 당신의 존재는 사실이라는 듯 떠다녔다. 얼굴이 다 뭉개진 귀신이 나오는 악몽에서도, 학창시절로 돌아가 추억을 이야기하는 기적 같은 꿈에서도. 장르가 다 달랐지만, 어떻게든 마지막에 각인되는 것은 당신의 얼굴이었다. 얼마나 정성으로 빚어졌는지 신의 노고에 보답이라도 한 듯 빼어난 얼굴은 일어나고도 몇 시간 동안 잊히지 않았다. 내가 좋아하는 모든 구석을 갖추고 태어난 사람.

꿈의 장르가 엇비슷한 것은 시리즈 책을 읽는 것처럼 생각할 수 있었으나 누군지 뻔히 아는 사람의 얼굴로 매일 꿈을 장식하는 것은 쉽게 생각하기가 어려웠다. 내가 기억하고 있으나 기억하지 않아야 해서 잊으려고 애써봤던 얼굴. 친구들이 몇 번이나 물어도 잊었다고 에둘러 말하던 것들이 전부 소용없어졌다. 너를 잊지 못하고 매일 밤 꿈을 꾼단 이유만으로 패배자가 된 기분이었다.

끊임없이 사랑과 함께 내 이름 뒤로 바짝 따라오는 낙인 같
은 사람.

●

그래도 한땐 눈 떠 있는 시간도 당신, 눈 감은 시간도 당신
이었으면 좋겠다고 바란 적이 있었다. '내 꿈 꿔' 사랑할 땐
수십 번 서로에게 건네는 마무리 인사였지만, 헤어짐에 다
다라서는 한 번도 꺼내지 않던 말이었다. 매일 밤 기도할
때도 나오지 않다가 지금에서야 내 꿈의 주연으로 당신이
나온다는 것. 기묘한 이야기보다 더 기묘한 일이다. 그 와
중에 무력한 나는 꿈에서조차도 당신에게 그만 나오라고
말하지 못했다.

차라리 드라마의 적극적인 반전처럼 이 꿈이 주인공들의
재회를 뜻하는 복선이었으면, 이 꿈이 서로의 지척으로 향

하는 통로였으면. 하루의 마지막을 장식하는 인물이 당신이어서 꿈은 비현실적이었고, 동시에 아름다웠다. 이걸 운명이라고 생각하고 싶은데 당신이 없어서 그러기가 쉽지 않다.

밤마다 조우하는 허상의 당신 말고,

손을 뻗으면 닿는 곳에 있을 실재의 당신이,

그 손을 잡으면 내게만 웃음이 헤펐던 당신이,

무엇보다 그런 당신이 간절한 밤이다.

회고록

어느 날은 바람이 너무 좋아 너를 못 잊었고, 또 어느 날은 꽃이 너무 예뻐서 너를 못 잊었다. 네가 염색을 해 따라서 염색했던 그날처럼, 네가 술을 좋아해 따라서 마시기 시작했던 그날처럼, 네가 가던 길을 고스란히 따라 걸어서 마음이 너를 따라간 걸까. 내가 할 수 있는 건 아무것도 없었고, 내가 할 수 없는 건 너를 잊는 일이었다.

멀쩡히 잘 살다가도 온갖 발목 잡히는 일이 너와의 기억들이라 여태까지 내 생의 가장 큰 후회가 너이기도 했다.

마음으로 할 수 없는 일

당신의 모든 것을 사랑하는데 사랑한다고 말하지 못해서,

당신의 숨결이 그리운데 그립다고 말하지 못해서,

당신의 세상이 보고 싶은데 그렇다고 말하지 못해서.

나는 당신에게 한 번도 솔직하지 못해서

살아 있는 시간은 벌이었고, 이 세상은 죄 같았다.

제목 없던 밤

새벽마다 앉아 글을 썼었다. 당신을 찾지 않아도 내 안의 당신으로 글을 썼던 시절이 있었다. 그 짧은 삶에서 새벽을 지새우며 우리를 예찬하는 일이 가장 유쾌한 일이었다. 요즘은 작품들을 많이 찾아보고 있다. 그림, 영화, 논문, 강연, 노래, 시 등등 볼 수 있는 것은 다. 모든 창작물엔 각자의 생이 담기기 마련이니까. 자신이 자라온 배경과 사랑의 유구한 역사가 고스란히 담겨 있다. 삶도 훔쳐보고, 간간히… 아니 꽤 자주 사랑을 훔쳐본다. 늘 그 언저리에서 찾아 헤매고 있었다. 사랑. 당신이 마지막으로 기록되었던 이름이다. 타인의 사랑에서 당신의 모습을 발견한다. 쓴 원두를 좋아하는 소설 속 주인공, 울 때마다 코가 빨개지는 영화배우, 뒷모습을 쓰는 시인… 별 게 다 당신이다.

한결같이 새벽에 쓰고 있다. 전과 다른 점이 있다면 당신을 찾기 위해 온 시간을 헤매고 있다는 것. 낮과 밤을 건너와 새벽에서야 간신히 정리해본다. 당신은 열심히 희미해지고 있다.

네 탓 아니야

상대가 어떤 잘못을 명백하게 저지르지 않은 이상 사람이 사랑하고 헤어지는 건 다 시간 차이일 뿐이다. 내가 잘못해서, 네가 잘못해서가 아닌 그냥 시간이 달라서. 너는 빠르게 사랑의 종착역에 도착했고, 나는 느려서 너의 주위를 맴돌고.

사랑하는 방식이 워낙 반대였음에도 서로가 애써 노력했던 것들이 무력해지는 순간이다. 이건 누구의 잘못도 아니다. 더 이상 어떤 노력도 소용없어진 거다. 두 사람의 시간이 다르다는 것은 으레 당연시되던 노력도 무가치한 소비라고 생각하게 만든다.

우리의 사랑이
져버리지 않도록

영화 한 편을 봤다. 그렇게 썩 관심 있는 영화는 아니었는데, 후반부로 갈수록 슬프다고 하길래 퇴근하는 길에 구석자리를 예매해뒀다. 누가 말한 그대로 울고, 슬플 수 있었다. 성인이 되고 난 후로는 엉엉 울고 싶어도 터놓고 마음껏 울 수 있는 장소가 많지 않다. 거의 없다고해도 무방할 정도다. 몇 해 전에 첫 이별을 했을 땐 학교에서든, 길거리에서든 꺼이꺼이 소리까지 내며 울었는데. 이제는 모든 것을 괜찮은 척해야만 하는 나이가 왔다. 슬픈 영화를 예매하고, 절절한 노래를 듣고… 핑계가 아니면 일을 하다가도, 글을 쓰다가도 '일단 이것부터 하고…'라는 식으로 내 감정을 미뤄뒀다. 나중에 해결할 숙제처럼. 꼭 내 감정이 우선인 삶을 살고 싶었는데, 문득 그게 마음처럼 쉽지 않다는 것을 살아가며 깨닫는 중이다.

당신도 그랬을까. 몇 번이나 당신의 감정을 미뤄두고 살아갔을까. 어떤 감정이었고, 어떤 마음이었는지 함부로 짐작하고 싶진 않다. 여태껏 그런 식으로 당신을 함부로 사랑했다. 작정한 것처럼 무너지는 것보다 천천히 무너지는 게 무섭다. 작정하고 익숙해지는 시간이 더 무서운 법이다. 내가 점점 울음을 참아가는 법을 터득했듯이, 어떤 감정을 묻어두고 살아가는 게 더 가혹한 것처럼.

당신과 헤어진 후로 내 시간은 흐른다는 것보다 깎아먹는 듯한 느낌이 많이 들었다. 천천히 멀어지는 게 무섭다. 늘 애틋하고, 사랑스러웠던. 이 모든 수식어가 무력해 어떤 설명보다 당신을 보여주면 다들 이해할 정도라면 말 다 했다 싶다. 내가 좋아하는 노래 가사 중에는 이런 게 있다. '밤하늘에 빛나는 수많은 별들 저마다 아름답지만, 내 맘속에 빛나는 별 하나 오직 너만 있을 뿐이야.' 당신은 지금 어떤 밤을 보내고 있을까. 우리와 함께 했던 시간보다 더 괜찮은 시간을 보내고 있을까 궁금해진다. 이제 나는 당신과 '우리'로 남지 못해 소식 하나 받을 수 없지만, 밤하늘의 별을

보면서도, 한강 다리 위를 지나다니면서도, 밀크티 한 잔을
마시면서도, 강아지를 보면서도 불현듯 당신이 잘 지내고
있다고 생각할 것이다. 울고 싶은 순간에는 당신을 상기하
며 울 곳을 찾아 추억 속 당신과 함께 지낼 것이다. 어떤 드
라마에서 그랬듯, 인간이 네 번의 생을 산다면 당신과 나의
생은 이번이 첫 생이었으면. 세 번은 마음껏 사랑할 기회를
줬으면. 무엇이 되었든 당신을 찾아갈게.

나의 몫이다.
나의 다음 시간은 꼭 당신만을 위해 쓰도록.
우리의 사랑이 저버리지 않도록.

큰 아픔, 이별과는 거리가 멀다고 생각했습니다. 또래의 사람들이 그렇듯 내게도 누군가를 멀리 떠나보내는 일이 아예 없거나 존재하지 않을 거라는 안일함으로 살아갔습니다. 숱하게 이별을 겪을 때마다 다시는 같은 실수를 하지 않아야지 결심했으나 그것도 잠시, 내게는 볼 사람보다 평생 보지 못할 사람들이 더 늘었다는 것을 깨달았습니다.

모든 감정의 근간은 사랑이라고 생각했던 내게 꼭 사랑이 아니라도 성장할 수 있다는 믿음을 준 사람들에게 바칩니다. 헤어진 애인, 잊지 못할 첫사랑, 절교한 친구… 그들에게 보내는 헤진 반성문입니다. 나의 실수로, 당신의 실수로, 실수하지 않았더라도 서로의 곁을 떠나 각자의 삶을 찾으러간 나의 모든 당신들에게 바칩니다.

너의 계절에서, 백가희

네게 줄 수 있는 건

오직 사랑뿐

———

° 일어나, 일어날 시간이야.

폭신한 몸 위에서 몇 번 체중을 실어 누르니 인상을 찌푸리고, 겨우 일어난다. 그녀는 허둥지둥 핸드폰을 찾아 시계를 본다. 시간을 확인하고, 내 핑계를 댄다.

"아, 어제 너 때문에 못 잤어."

웃긴다. 자기가 더 신나서 놀아달라고 했으면서. 농담인 걸 알지만, 영 탐탁지 않은 마음에 궁시렁거리니 그제야 "미안, 장난이야."란다. 어기적어기적 일어나 온수매트를 끄고, 씻으러 화장실에 들어갔다. 물을 질색하는 나와 달리 그녀는 꽤 물을 좋아했다. 괜히 스트레스 받는 날이면 샤워하고 꾸덕한 로션을 만족할 만큼 덕지덕지 바르는 게 그녀의 스트레스 풀이 방법이라는 건 처음 만났을 때부터 알았다. 계절을 넘나들고 그녀의 몸에선 항상 기분 좋은 냄새가

났다. 내가 그녀를 유일하게 싫어하는 순간이 있다면, 그녀가 외투를 입을 때와 지금처럼 샤워를 하러 들어갈 때다. 그 행동을 하고 나서는 밖에 나간다는 뜻이니까. 반갑지 않다. 그녀의 출근 시간은 10시. 지금은 9시 20분이니까 분명 얼굴만 대충 씻고 나올 것이다. 촉감이 꽤 이상한 로션을 찹찹 바르고, 모자를 푹 눌러쓴다. 두터운 외투를 입고, 나가기 직전에는 내 콧잔등에 쪽 소리 나게 뽀뽀를 하고 인사를 건넸다.

"다녀올게."

그녀가 나간 공간은 의미 없는 정적이 가득하다. 햇살이 좋은 날은 창을 활짝 열어두고 창틀에 앉아서 일광욕이라도 할 텐데, 나의 고향, 서울의 하늘은 요즘 들어 좀처럼 맑은 낮을 보여주지 않는다. 햇빛이 관통하지 못할 정도의 두터운 먼지막이 하늘을 장악했다. 내 삶의 유일한 낙이 없어지니까, 옥상에서 뛰어노는 새들마저도 꼴불견이다. 먼지 덩이랑 놀아라. 딱히 그녀가 원망스럽지는 않다. 퇴근하고 들어오면 충실하게 나와 놀고, 자신의 옆자리를 내어주고 잠이 든다. 그녀가 절절하게 회사에 매달리는 이유도 어쩌면 내가 한몫했으므로 쉽사리 미워할 수 없다. '시간은 절대적인 수치 속에 있지만, 늘 상대적이야.' 그녀가 내게 해

준 말이다. 맞는 말이었다. 인간이 고작 세 시간이라고 해도 내겐 사흘 정도. 내가 그녀에게 응당 줄 수 있는 건 사랑뿐이다. 또 돌아오면 있는 힘껏 반가워해주는 일. 내가 실천할 수 있는 사랑의 최선은 기다림이다.

그녀와 함께한 지 일 년 하고도 몇 개월이 지났다. 습한 여름을 지나 생애 최초로 사계절을 겪었다. 일 년이 넘는 시간 동안 한 달 정도 떨어져 있던 순간을 제외하곤, 서로 잃어버린 몸을 찾듯 항상 붙어 있었다. 나는 외출을 하지 않는다. 바깥에 버려져 있던 내게 여전히 미지의 공간이었고, 한 번 나가기 시작하면 돌아올 길을 못 찾을 것 같았다. 결정적으로 나는 겁도 많다.

집 안에만 있는 나를 위해 그녀는 내게 계절을 가져다주기 시작했다. 계절의 이름 또한 그때 알았다. 작은 꽃들이 자주 피기 시작하는 때가 봄, 찬바람이 부는 기계를 트는 계절이 여름, 그녀의 신발에 구린 열매 냄새가 가득 묻는 계절은 가을, 하늘에서 움직이는 흰 먼지들이 떨어지는 계절은 겨울. 무던히 내게 꽃을 가져다주고, 더울 땐 입으로라도 바람을 불어주고, 고약 냄새를 "너도 맡아라!" 하며 장난치고, 나를 품에 들어 저게 눈이라고 알려주었던 그녀의 부산스러운 노력이 헛되지 않았다. 정작 눈이 올 때마다 나를 안아들려는 그녀를 보면, 내가 눈과 겨울을 안다는 사실을 모르는 거 같지만. 생경한 두 번째 겨울이다.

나는 그녀의 고양이다. 강. 엄마 아빠가 지어준 이름은 기억나지 않는다. 안 날 법도 하지. 나는 태어나 딱 한 달만 가족과 살았고, 버림받았다. 그녀에게 매일 불리다 보니 이제 알겠다. 왜 인간이 이름에 집착하는지. 나도 아무 의미 없이 책상에 놓인 연필 같았다면, 슬펐을 것이다. 누군가의 삶에서 아무개1인 것보다 '강'이란 이름으로 머무는 게 낫다. 이름이 있단 건 엄청난 기쁨을 동반한다.

허기진 배를 조금 채우고, 창문 앞에 앉았다. 건너편 옥상에는 고양이 가족이 산다. 엄마와 아빠, 그리고 아기 고양이 둘. 눈 인사만 건네는 이웃사촌. 창 바깥 앞에는 튀어나온 모퉁이가 있는데, 요즘은 가끔 여길 찾는 녀석이 있다. 작은 새 한 마리. 종이 뭔지는 모른다. 말이 얼마나 많은지, 들어주는 데에 시간 가는 줄 모르고 그녀의 퇴근 시간까지 앉아 있던 적도 있다.

– 오늘은 한강에 다녀왔어! 강이 뭔지 알아? 아, 너도 강이지. 그런 거 말고. 음.. 물이 많이 흐르는 곳이야. 엄청 넓어. 고양이 백 마리가 줄을 서도 한강 폭

은 못 채울 걸?

– 밤에 한 번 본 적 있어.

– 본 적 있다고? 언제 나갔대? 엄청 아름다운 곳이라
 는 것도 알겠네? 아무튼, 그 한강이 아주 꽁꽁 얼었
 어! 이렇게 언 건 오랜만에 본다니까? 거기서 슬라
 이딩 해도 돼. 추워서 난리도 아냐. 둥지를 더 탄탄
 히 만들어야겠어.

 한강. 한 번 본 적 있다. 저번에 그녀와 같이 집으로 돌아
오는 길에 딱 한 번. 밤이라 어느 정도로 넓은지, 작은 새가
찬양하는 한강이 얼마나 아름다운지는 모르겠지만, 강을
따라 산란하는 인공빛들을 집으로 데려가고 싶다고 생각
했다. '데려가자.' 하니까 그녀는 대강 알았다고 대답한 뒤
택시 기사의 눈치를 보며 조용하라고 했다. 낮의 한강은 어
떤 모습일까. 가끔 계절을 찍어오는 취미가 있는 그녀에게
슬쩍 말해봐야겠다. 알아들을지는 모르겠지만.

 – 보고 싶지 않아?

 – 뭐가?

 – 바깥세상 말이야! 넌 어쩜 그렇게 집에만 콕 박혀서

잘 있냐? 자유로운 게 얼마나 좋은데. 새로운 세상을 탐험하는 재미로 살고 싶지 않아?

작은 새는 자신의 존재에 꽤 자부심이 있다. 작지만 기능에 충실한 작은 날개를 파닥이며 매일 뽐내기 바쁘다. 저 날개로 자신의 영역이 아닌 곳까지 구경하고 돌아와서 이야기 보따리를 한 꺼풀씩 풀어 이야기하기 바쁜데, 듣고 있다 보면 재밌다. 부럽지는 않고. 이 공간이 내 세상이다. 그녀와 나의 체취가 곳곳에, 틈틈이 묻은 이 공간. 공간이라는 의미보다 그녀가 나의 세상이다. 이 공간이 아니어도, 그녀만 있다면 어디든. 꼭 자유로워야만 하나. 새로운 세상을 탐험하지 않아도 지금 있는 세상으로도 충분하다. 하루하루 달라지는 그녀를 물끄러미 관찰하거나, 죽은 털들을 골라내는 것만으로도 부족함이 없다. 나는 나의 영역 안에서 충실하고 싶다. 머물러 있으면 어떤가. 머물러 있어서 그녀에게 피해를 준다면, 당장 방법을 찾겠지만, 우리는 나름대로 이 세상에 만족하고 있다.

- 이제 가봐야겠다! 벌써 노을이 졌어. 너무 많이 떠들었네. 또 올게!

요즘 한 가지 깨달았다. 세상에 머무는 모든 생물들은 다들 '다음'을 기약하길 좋아한다는 거다. 또 온다거나, 다녀온다는 거나… 가서 안 올 수도 있는데. 우리 아빠도, 엄마도 이따 온다고 해놓고 오질 않았다. 길에서의 삶에는 내일이 없다. 당장 내일을 기약하기 어려운 시간들에서 자라온내게 일 년이 지났음에도 이 세상의 인사가 낯설다.

작은 새가 떠나간 뒤 다시 정적이 가득해졌다. 느릿느릿기지개를 펴고, 눈꼽을 좀 떼고… 그녀가 나를 위해 버리지 않은 헤진 박스 안으로 들어갔다. 그녀가 올 시간이 됐는데, 발소리 하나 들리지 않는다. 맞은편 당구장에 불이 켜지고 햇빛이 건물 틈 사이로 숨고 어둠이 내리면 엘리베이터 소리가 들리고 발 뒤꿈치를 끌며 걷는 그녀의 발걸음 소리가 들린다. 가끔 이런 날도 있었다. 늦은 밤에 들어와 품에 나를 꾹 차게 끌어안고 오늘도 밥값했다고 한탄하는 날. 포옹을 좋아하진 않지만 그녀의 어깨 위에 놓인 짐들 중 내 삶도 있기에, 가만히 서로의 체온을 맞대고 있는 날. 오늘이 그런 날인가 보다. 한숨 자야겠다. 자고 일어나면 창가엔 달이 걸려 있고, 그녀가 느긋한 걸음으로 돌아올 거다.

기분 나쁜 꿈을 꿨다. 도둑이 드는 꿈. 낮게 울기도, 나가라고 소리도 쳤지만, 전혀 관심이 없어 보였다. 검은 옷을 입은 도둑은 외투 속의 비상금은 전혀 관심이 없다는 듯이 집안을 구석구석 쏘다니기 시작했다. 도둑은 우리의 침대에 앉아 있다가 같이 낮잠을 자던 기억을, 복층 계단에 털썩 앉아 그녀와 내가 눈싸움했던 기억을, 창틀에 걸터앉아 그녀가 나를 품에 안고 들어 첫눈을 보던 기억을, 세면대에 서서는 나를 씻기던 그녀와의 기억을 앗아갔다. 추억 도둑. TV에 간혹 나오는 좀도둑보다 악질이었다. 먹먹한 꿈이었다. 마구잡이로 누군가가 추억을 허무는, 그런 불상사는 우리에게 어울리지 않는다. 그녀가 보고 싶었다. 얼른 와서 내 뒷통수를 쓰다듬어 줬으면. 삐빅. 도어락 소리가 들렸다. 내 간절한 바람에 대답하듯 문이 열렸다. 와줬구나. 창가에는 달이 두둥실 떠 있었다. 꿈 생각에 빠져 있다 그녀가 오는 줄도 몰랐다.

"강아."

그녀의 낮은 목소리를 좋아한다. 내가 얌전히 안겨 있으면 기분이 좋아 들뜨는, 톤이 바뀌는 목소리를, 기분에 따라 음계를 넘나드는 목소리를, 온 마음 다해 사랑한다. 왠지 눈치를 보고 있다. 조심조심 뱉는 목소리로 짐작했고, 등 뒤에는 무언갈 숨기는 모습에 확정 지었다. 파란 가방이다. 가방을 내려놓은 그녀는 나를 들어 화장실에 넣었 다.

씻는 건 싫은데. 이때까지만 해도 안일한 생각으로 있었다. 씻기려는 건 아니었나 보다. 문을 닫고 나갔던 그녀가 다시 화장실 문을 열었다. 잽싸게 튀어 나왔다. 오늘 뭐했어? 왜 늦었어? 바빴어? 쏟아지는 질문 세례에도 그녀는 대답할 의지가 없어 보인다. 멋쩍은 웃음을 지을 뿐. 살며시 그녀 주변을 살핀다. 불청객이 있다. 나보다는 한참 작지만, 하얀색 고양이. 나랑 같은 종을 보는 건 이번이 처음은 아니었다. 엄마를 보고, 형제들을 제외한 같은 동물을 본 적은 처음이었다. 나는 안중에도 없다는 듯이 녀석은 추억 도둑처럼 집 안을 헤집고 다녔다. 추억을 앗아가려고 왔구나! 볼멘 소리가 자연스럽게 나왔다. 그녀가 따뜻한 손으로 나를 보듬는다. 상냥하게 나를 부르면서.

"강아."

불청객 하얀 고양이도 싫었고, 그녀도 미웠다. 왜? 아무런 말도 없이, 갑자기? 우리 세계의 벽을 허물다니. 묻고 싶은 말이 산더미 같았지만, 묻는 것보다 미움이 빨랐고, 미움보다는 원망이 급했다. 처음으로 그녀에게 하악질을 했다. 집 안 탐험을 끝낸 하얀 고양이가 내게 와 인사를 한다. 눈빛으로, 작고 낮은 울음소리로, 몸짓으로 언어를 나눈다.

호기심이 가득한 표정으로 말을 붙여왔다. 반갑다, 잘 지내 보자… 왜 그렇게 얄미운지 모르겠다. 멀리서 안절부절못하며 바라보는 그녀의 눈빛도 얄밉다. 나도 그녀의 가족인데, 새 식구를 어떤 말도 없이 데려오다니. 변명을 들어도 짜증이 쉽사리 가시지 않는다. 나의 기분 파악이 끝난 듯 내가 좋아하는 목소리가 들려온다.

"펫숍에서 분양 받았는데 이틀만에 파양대."

더는 원망이 불가능한 소리다. 파양. 이 단어에 대해 명확히 알지는 못해도, 내가 엄마에게서 버려졌듯 저 녀석도 버려졌단 소리다. 참 미워할 수 없는 목소리로, 참 미워할 수 없는 말을 한다.

"너한테 미리 말하고 싶었는데, 바로 결정해서 다녀온 거야. 미안해."

– 형이에요? 형?

둘이서 연달아 말을 걸어오니 이 자리에 불청객이 왠지 내가 된 기분이다. 구석에 자리 잡았다. 내가 주는 애정이 그녀에게 부족했던 걸까. 그녀가 가진 불안함에 대해선 익히 알고 있다. 누군가 떠난다는 불안함은 내게도 불치병 같은 거니까. 일전에 그녀가 쓰고, 읽어줬던 글 하나가 있다.

'불현듯 뭉클해지는 그림이다. 네 시간과 나의 시간은 아주 달라서, 만약 네가 주어진 삶의 시간을 다 쓰면 나는 어떡할까. 네 삶의 시계가 나의 시계보다 빨라서 먼저 도착하면 나는 뭘 더 노력할 수 있을까. 우리가 계속 같이 살아 갈 수 있으면 좋겠다. 창 앞에서 지는 해도 보고, 너는 내 다리 옆에 누워 같이 낮잠도 자고, 계절이 오고 가는 것을 보고, 장난도 치고, 퇴근 후엔 네가 종종거리며 마중 나오고, 변함없이 그리고 끊임없이 사랑하고. 살아가는 동안 너를 사랑할 시간과 기회가 더 많아지면 좋겠다. 어쩌면 이 시간이 곧 기회구나. 너의 삶을 사랑할 기회들이 천천히 흘러가고 있구나. 더 사랑해야겠다. 순간이 아깝지 않게.'

우리의 시간은 다르게 흘러간다. 7월만 되면 나는 인간의 나이로 그녀와 동갑이 된다. 내 시간은 앞으로 더 빨라질 예정이다. 더 빨라지다 보면 시간이 가는 것도 잊은 채 살아가다가 나중엔 그녀와 헤어질 순간이 있을 것이다. 세상의 모든 존재에게 시간은 공평하게 흐른다. 그러니 주어진 시간에 최대한 많은 일들 하려고 한다. 꼭 사랑이라고 달라지지는 않는다. 이제 조금 늙은 내가 그녀는 걱정됐던 걸까. 그래서 빈자리를 채워줄 어린 고양이를 데려온 걸까. 그녀를 더 원망하고 싶지만, 그녀의 의도를 추측하고 싶은 소리를 내고 싶지만 할 수 없다. 그녀의 결핍으로 내가 왔고, 우리는 서로의 결핍이 되었으니까. 솔직히 말하건대, 나는 그녀가 하얀 고양이를 '외로워서' 데려온 것이 아님을 안다. 나 같아도 데려왔을 거다. 갈 곳이 없으니까. 버림받는다는 건 혼자 다시 시간을 견디는 걸 배워야 한다는 의미이니까. 그녀도 나와 같은 생각이었을 테지. 시간을 같이 견뎌주고 싶어서일 거다. 그녀가 했던 것처럼, 나도 하얀 고양이를 단번에 받아들일 수 있으면 좋을 텐데. 습성이라는 게 무섭다. 내가 무서운 건 별 게 아니다. 내가 그녀의 결핍이 되지 못해서도, 내가 그녀에게 부족해서도 아니다. 그저 그녀의 사랑이 이제 반으로 똑 나눠지는 기분을 받아서다.

녀석의 이름은 '연'이 되었다. 하얀 털을 가진 녀석에게 잘도 어울리는 이름이었다. 강과 연. 연도 그녀가 좋아했던 사람 이름의 한 글자였다. 연은 처음 내가 이름을 가진 날처럼 기뻐했다. 연 또한 같은 류의 동물은 처음 보는지 온종일 내 곁을 맴돌았다. 내 꼬리를 잡기도 하고, 계속 귀찮게 말을 붙이기도 하고. 나는 조금 더 살았다는 이유로 연의 형이 되었고, 연은 내 동생이 되었다. 받아들이긴 힘들었지만, 그녀가 한 번 데려온 이상 우리는 앞으로 짧게는 몇 년, 길게는 몇십 년 같이 지낼 게 분명했다. 받아들이는 방법밖엔 없었다. 내가 몇 시간을 생각하며 녀석을 어떻게 받아들일지 고민하는 동안 그녀는 내 상태를 면밀히 살피고, 걱정이 가득 담긴 한숨을 쉬었다. 선택을 무를 순 없지만, 최선의 방법을 찾는 중일 거다. 그러지 않아도 돼, 괜찮아. 옆에서 몇 번이나 말했는데 퍽퍽한 한숨을 쉬며 내 머리를 쓰다듬고 이내 이마에 입을 맞춘다. 내가 가장 좋아하는 행위다. 근심을 덜어주는 다정한 키스.

그녀가 불을 껐다. 일단 오늘은 자고 내일 생각하자고, 결심했나 보다. 나 또한 온몸이 피곤했다. 오늘 한 거라곤 일광욕과 새와 떠드는 일, 낮잠과 저녁잠을 청하고, 추억 도둑을 원망하는 일. 하루 끝에 자리한 일은 가장 고단했다. 연을 만난 일, 그녀와 내가 아닌 다른 '가족'이 생긴 몇 시간의 일이. 그녀가 나를 위해 만들어준 바구니 안에 들어가 눈을 감았다. 아직 호기심을 마저 해결보지 못한 연이 수없이 말을 걸어왔지만, 대꾸할 의지가 생기지 않았다.

– 자? 잘 거야? 왜?

연의 수다를 뒤로 난생 처음으로 한 곳에서가 아닌 그녀는 침대에서, 나는 바구니에서 잠을 청했다.

•

"다녀올게."

오늘도 같은 인사를 한다. 달라진 게 있다면, 나와 연에게 한 번씩 총 두 번 인사를 건넨다는 것. 연은 어리둥절한 눈으로 내게 그녀가 어디가는지 물었고, 나는 아무런 대답을 않았다. 네가 익숙해져야 할 시간 중 하나야. 어쩌면 내 눈을 읽고 알아들었는지도 모르겠다. 그녀가 나가면 연에 대해 조금 더 알아볼 생각이다. 어디서 왔는지, 살아온 5개월 동안 뭐하고 지냈는지. 연은 밥을 꽤 허겁지겁 먹었다. 내가 다 뺏어먹을 거라고 생각하나? 묻고 싶은 게 산더미였지만, 질문은 연이 식사를 마친 후 하기로 했다.

- 넌 어디서 왔어?

- 인천에서.

- 그걸 물은 게 아니잖아. 어디서 태어났고, 어떤 집에 있었냐고.

이야기를 하기 싫은 건지 연은 등을 돌렸다. 굳이 재촉할 마음은 없었기에 햇살이 잘 드는 자리에 앉았다. 첫날밤의 발랄함은 어디다 던져두고, 연은 꽤 무거운 이야기를 했다.

연은 펫숍에서 자랐다. 창문 밖으로는 세상의 계절을 보고, 매일 길 앞의 지나다니는 사람들은 연을 예뻐했지만, 그 누구도 연을 데려갈 생각은 없었다. 연의 덩치만 한 고양이 한 마리가 더 들어오면 가득 차는 공간에서 연은 화장실도 갔고, 바로 전에 싼 똥을 바라보며 밥을 먹었다. 밥은 정해진 양만 하루에 한 번 주었다. 펫숍의 주인은 나도 그러고 싶지 않다는 항변을 했지만, 연을 비롯한 전시된 고양이들은 아무도 들어주지 않았다. 인간이 원하는 규격에 맞게 자라기 위하며 연은 적게 먹고, 작은 면적 안에서 생활했다. 주린 배를 달고 사는 건 예삿일이 아니었다. 하루는 큰 키에 웃는 모습이 시원시원하던 남자가 펫숍을 찾았다. 쇼핑 센터에서 전시해놓은 옷처럼 고양이들을 관망하던 남자는 연을 가리키며 "애 주세요."라고 했다. 주인은 반가운 목소리로 옷의 콘셉트와 디테일을 설명하는 옷집 알바생처럼 연에 대해 설명했고, 남자는 시원히 웃으며 승낙했다. 연의 몸값을 지불하고, 하늘색 이동장에 연을 넣기 전에 펫숍을 돌아다니게 했다. 그때 연은 바깥 세상의 바닥에, 펫숍의 바닥에 처음 발을 디뎠다. 연에게도 가족이 생긴 듯 했다. 남자가 말하기 전까지. "널 데려가면 좋아할 거야. 좋은 생일 선물이 되겠지?" 남자는 집에 돌아와 방 안에 연을 두고, 플라스틱 햇반 그릇에 밥을 줬다. 연은 펫숍에서 주는 것보단 많이 주니 만족했다. 방도 연이 살던 공간보다 넓었기에 딱히 싫지 않았다. 되려 좋았다. 남자는 나가서 한 아이를 데려왔다. 본인의 골반까지 오는 자그마한 여자애였다. "안녕…?" 여자애는 떨리는 목소리로 말을 걸었다. 연은 대답하지 않았다. 다만 여자아이의 종아리에 머리를 부볐다. 연이 할 수 있는 최대한 반가운 인사였다. 그걸 아이는 몰라서 소리를 지르고 도망갔고, 남자는 인상을 구겼다. 이름이 생겼지만 단 한 번도 불리지 않았다. "저 고양이 언제 돌려줄 거야?", "아빠, 저 고양이 무서워." 등등. "저 고양이"에 불과했다. 남자는 연이 있는 방에 올 때마다 구석에 앉은 연을 보고 한숨을 내쉬었다. 퍽 많이 엎어진 밥을 허겁지겁 먹을 때마다 남자의 한숨이 퍽퍽 엎어졌다. 연은 생각했다. 차라리 이럴바엔 펫숍이 낫겠다. 같은 처지의 고양이들과 적은 밥을 먹더라도 햇살이 가득한 길거리가 그리웠다. 다음 날 저녁, 남자는 꽤 밝은 얼굴로 방에 들어왔다. 그러고는 연의 짐을 하나둘 챙기기 시작했다. 어디 가는 거예요? 몇 번이나 남자의 발목에 몸을 부비고 체취를 묻히며 물었지만, 아무런 대답이 없었다. 연은 펫숍에서 받아왔던 이동장 안에 다시 들어갔다. 펫숍이 낫겠다는 건 거짓말이었는데. 얼마 없는 연의 물품을 싹 다 챙긴 남자와 아이는 연을 데리고 지하주차장으로 내려갔다. 그러고는 이동장에 든 연을 어떤 여자에게 건넸다. 아이는 연과 눈을 맞추며 '잘 가'라고 했다. 아이에게 다정한 인사를 받은 것도, 아이의 눈을 바라본 것도 처음이었다. 헤어지나 보다. 나는 버림받나 보다. 연은 생각했다. 버림받는 게 이렇게 아픈 일이었더라면, 태어나지 않는 게 나을 뻔했다고.

사람 나이로 10살이다. 사람으로 치면 연은 10살에 가족에게 버림받았다. '버려진다'는 감정은 태어나 한 달 만에 부모와 이별한 나보다 이틀 만에 파양된 연이 더 잘 알

수도 있겠다 싶었다. 연의 슬픔을 따지진 못하겠지만, 연의 슬픔의 무게가 얼마나 무거운 것인지는 안다.

– 그래도 여기선 이름을 많이 불렸어! 연이, 만난 지 5분 만에! 기다렸다는 것처럼 불러줬어요.

감히 내가 연의 슬픔을 알아봤듯 연의 기쁨도 미약하게나 짐작할 수 있다. 그녀가 왜 연을 데려온지 알겠다. 결핍이 메워지고 안 메워지고를 떠나 숱한 사람과 이별했던 그녀에게는 아마 나의 처지가, 연의 처지가 자신과 비슷했을 것이다. 벼랑을 달고 사는 발걸음은 벼랑 끝에 살아본 존재만이 알 수 있듯이. 내겐 이제 연을 내칠 이유가 없다. 세계의 담벼락을 허물었다는 이유만으로 연을 다시 내쫓는 건 할 일이 아님을 깨달았다. 어줍잖은 질투가 얼마나 부끄러운 건지도. 그래도 '가족'까지는 받아들이기 힘들겠지만, 시간이 지나면서 익숙해질 것이다. 그녀와 나의 처음이 그랬던 것처럼. 연은 제 이름에 꽤 만족했는지 낮에 창가에 들른 새에게도 자랑하기 바빴다. 그들의 수다가 시끄러웠다. 새는 산새들을 만난 이야기를 들려줬다. 하늘을 날면서도 산꼭대기엔 얼마나 좋은 풍경이 있는지, 솔방울이 얼마나 귀여운지 열심히 설명했다. 연은 신기하다며 눈을 크게 뜨고 경청했다. 우리의 세계는 차근차근, 그리고 변함없이 넓어져가고 있었다. 낯선 소음으로 세계가 채워가고 있었다. 무던히 익숙해져야 하는 시간이지만, 아직은 좀 낯설다. 익숙해질 수 있을까.

●

요즘 그녀는 다시 바빴다. 보통 집에 들어오면 느즈막이 저녁을 챙겨먹고, 하루동안 있었던 일을 토로하다 각자의 자리로 가 잠드는데, 그럴 새도 없이 집에 오면 씻고, 바로 침대에 코를 박았다. 푹 자는가 싶다가도 새벽 사이로 몇 번이나 일어나 내가 잘 자는지, 내가 어디 있는지 불러보고 잠들기도 했다.

"푹 자기가 되게 힘들어. 연달아 악몽을 세 개나 꿨어. 스트레스가 머리 끝까지 차서 자는 게 유일한 도피 수단이었는데, 그 꿈도 기쁨을 허락하지 않아. 슬픔이 합당한 사람인가 싶다가도, 나쁜 꿈을 꾸다가 깨어나면, 꿈이 꿈이라 다행인 순간이 있잖아. 최악의 시나리오까지 경험하고, 갈피를 못 잡다가 눈을 떴는데, 다행히 현실이 아닌 거. 근데 내 현실에 네가 있어서 좋았어."

세상에서 받은 스트레스를 잠깐 두고, 꿈으로 도망가는 것. 어느 날은 일어나 발치에서 잠든 나를 끌어안고 그랬다.

그녀와 새에게 들은 바로는 인간의 세계는 내가 아는 것보다 훨씬 더 정교했다. 착함과 나쁨. 이분법적으로 분류되는 나의 세계와 달랐다. 예컨대, 근처에서 고양이들 밥 챙겨주기로 유명했던 한 청년이 알고 보니 사료에 극소량의 쥐약을 넣어, 고양이들을 서서히 죽였다는 사실이 알려진 것처럼. 인간의 이면이란 내가 이해하기 어려운 영역이었다. 나의 부모는 어떻게 살고 있을까. 인간 세계에서 도망쳐 나와 잘 살고 있을까, 아님 옆동네 고양이들처럼 죽어 가고 있을까. 무엇이 됐든 잘 지내길 바란다. 내가 그녀와 만나게 된 이유도 그들에게 있으니. 나의 현실엔 그녀가 있었고, 연이 있었다. 그녀의 머리맡에 누워 온도를 맞췄다. 잘 자. 나도 네가 있어서 좋아.

"나는 어디까지 힘들어야 할까. 나만 뒤쳐지는 기분이 들어."

그녀의 수면 시간이 늘었다는 건 알고 있었다. 어렴풋이 짐작할 수 있을 정도로 주말은 침실에서 한 발자국도 움직이지 않았다. 그러니까 말이야, 힘들다는 감정은 왜 존재하는 걸까? 내가 생각하는 최악이란 고작 길바닥으로 돌아가는 것, 음식물 쓰레기를 뜯는 것뿐이었으니까. 우리에겐 알맞은 속도는 없었다. 산다는 건 그냥, 사는 것뿐이었다. 남들 시간에 맞춰서 살아본 적이 없어서, 뒤처진다는 감정 또한 느끼지 못한다.

"내가 봤을 때 너는 충분히 괜찮은데. 사실 괜찮지 않아도 괜찮은데, 너도 너 나름대로 살아가는 것일 텐데."

이 말을 전할 수 없어서 그녀의 무릎팍에 앉아 손을 핥았다. 멀리서 먹구름이 오는 소리가 들렸다.

요즘처럼 시간이 빨리 흘렀던 적은 없었다. 연이 우리 집에 온 지도 꽤 흘렀으니까. 그동안 그녀는 본인의 힘듦을 몇 번 토로하다가, 이따금 울다가 했다. 연과 나는 해줄 수 있는 게 없어서 그녀의 주변을 맴돌았다. 그럴 때마다 "너희가 없었으면 죽었을지도 몰라."라고 덧붙였는데, 어쩐지 그녀가 자유롭지 못한 이유에도 내가 지분을 차지하고 있는 것 같아 미안했다. 그녀가 좋아하는 사람 앞에서 메시지 답장을 고민할 때가 몇 번 있었는데, 어떤 마음인지 어렴풋 이해할 수 있었다. '이 말이 괜찮아? 아니다, 이렇게 할까? 어… 이렇게 말하면 더 다정해 보이지 않아?' 괜찮은 사람이고 싶어서 그런 걸까 아님, 좋아하니까 그런걸까.

"내가 착한아이 증후군이래."

"…"

"어른이 되어서도 내 감정을 솔직히 표현하지 못하고, 타인에게 착한 사람으로 남고 싶어서 내 욕구나 소망을 억압하고 지나치게 노력하는 거라던데, 버림받고 싶지 않아서 만들어지는 마음이라고 하더라."

지나치게 신경 쏟긴 했다. 타인과 비교 후 엉뚱한 이야기도 하고, 다정해 보이는 것에 심혈을 기울이고. 가끔은 사람이 없는 곳으로 떠난다면 그녀가 편해지지 않을까 생각해보기도 했다. 우리만 있는 곳으로 가자. 유일하게 그녀가 편해 보일 때는 집 안에 있을 때였다. 누군가를 만나지 않고, 시달리지 않고, 핸드폰을 내려놓고 나와 연이와 함께 놀 때.

"내 모습 그대로 인정하고 수용하라는데… 그게 어떻게 돼?"

그녀와 내가 처음 만났을 때, 나는 피부병을 앓고 있었다. 길에서 사는 고양이들은 감기처럼 앓는 병이었다. 감기보다는 고질병이라고나 할까. 곰팡이성 피부병은 그루밍을

하면 온몸으로 퍼져나갔고, 방치하면 털이 듬성듬성 빠져 모양이 꽤 흉했다. 그녀를 처음 봤을 때 내 피부병을 슬슬 진행되고 있었다. 그도 그럴 것이 차 안이나 후미진 골목길만 전전하고 길가 모퉁이에서 몸을 부비고… 걸리지 않는 고양이가 드물 정도였다. 좁아 터진 원룸에서 같이 생활하다 보니 그녀도 옮았고, 내가 몸을 긁을 때마다 나를 몇 번이나 막는 팔에는 피부병 자국이 생겼다. 일주일에 한 번은 병원가서 약을 받아오고, 하루에 두 번 옥상으로 올라가 30분씩 나를 안고 일광욕을 했다. 이틀의 한 번 꼴로 나를 씻겼고, 방 소독은 매일 아침을 여는 일이었다. 피부병은 꼬박 3개월동안 우리를 괴롭혔다. 나는 아직도 그때의 기억이 잊히지 않는다.

그녀의 다정을 사랑한다. 일 년이 지난 지금까지도 꺼지지 않는 빛이었다. 내게는 화를 내기도 했고, 밑바닥을 이야기하기도 했고, 최상의 사랑을 주고, 갈 곳 없는 고양이를 둘이나 데려와 어떻게든 버둥거리는 삶의 발자취를 사랑한다. 지금 우울함을 토로하는 모습마저도 사랑한다고 말하고 싶었다. 슬플 때 울고, 기쁠 때 웃고, 눈치보지 않고 화내고…. 내가 당장 해줄 수 있는 건 어떤 감정에 놓여 있든 그녀의 곁에 머무는 일뿐이었다. 순탄하게 흐르는 시간

사이로도 우리는 몇 번이나 넘어졌다. 연과의 첫 만남이 그랬고, 그녀에게 덮친 우울함이 그랬다. 그런데도 살아가고 있었다. 그녀와 처음 만났던 계절, 그녀가 유독 좋아했던 드라마의 OST 제목 중 하나가 생각났다.

'네게 줄 수 있는 건 오직 사랑뿐'

연이 온 지도 일주일이 흘렀다. 새가 일곱 번 들렀고, 그녀가 다섯번 출근하고, 이틀은 집에서 잠만 잤으니까. 해소되지 않는 슬픔은 여전한 듯했다. 연 또한 내 엉덩이를 물기도 하고, 다가와 툭툭 건들기도 했다. 어쩌면 별다르지 않은 감정들을 안고 살아가고 있었다. 연의 수다소리로, 그녀의 앓는 소리로 채워지는 시간이 있었다. 내게도, 첫 가족이 생겼다.